Una herencia maravillosa

PAULA ROE

D1546079

Editado por HARLEQUIN IBÉRICA, S.A.
Núñez de Balboa, 56
28001 Madrid

I.S.B.N.: 978-84-687-3637-2
Depósito legal: M-21576-2013
Editor responsable: Luis Pugni
Fotomecánica: M.T. Color & Diseño, S.L. Las Rozas (Madrid)
Impresión en Black print CPI (Barcelona)
Fecha impresion para Argentina: 21.4.14
Distribuidor exclusivo para España: LOGISTA
Distribuidor para México: CODIPLYRSA
Distribuidores para Argentina: interior, BERTRAN, S.A.C. Vélez
Sársfield, 1950. Cap. Fed./ Buenos Aires y Gran Buenos Aires,
VACCARO SÁNCHEZ y Cía, S.A.

Capítulo Uno

—Quinientos mil. Medio millón de dólares, damas y caballeros. ¿Alguien da más?

La voz de barítono del subastador, que tenía acento francés, se elevó por encima de los susurros que inundaban la sala de Waverly's. El ambiente estaba cargado de emoción y curiosidad, y Chase Harrington casi podía sentir la energía que emanaban cada uno de los postores.

La sala, con su lámpara de araña, las mullidas sillas de respaldo alto y el brillante suelo de madera, no se parecía en nada al estilo de Obscure, Texas. Y, por una vez, nadie estaba hablando de él: todo el mundo estaba centrado en la subasta.

Waverly's, que era una de las casas de subastas más antiguas, y con más escándalos, de Nueva York, había dado la campanada al conseguir poner a subasta el manuscrito final, con anotaciones a mano, de D.B. Dunbar. Millones de personas de todo el mundo se habían sorprendido con la trágica muerte del famoso autor de literatura juvenil, que había fallecido en un accidente de aviación en octubre. Después de llorar su pérdida, su público había empezado a preguntarse si habría un cuarto y último libro de su serie de *Charlie Jack: El guerrero ninja adolescente* y cuándo iba a publicarse.

No se hablaba de otra cosa.

Chase agarró con fuerza su pala, nervioso como un adolescente en su primera cita. Vio al pariente lejano de Dunbar, un primo desesperado por conseguir dinero y fama… Un tal Walter Shalvey, que era un narcisista sin principios. Aquel tipo no solo tenía la vida resuelta, entre derechos de autor y licencias de los tres primeros libros, sino que había un cuarto volumen. El agente de Dunbar lo había vendido la semana anterior por una cantidad de siete cifras, con la idea de publicarlo en abril.

Pero eso era demasiado tarde.

Chase miró con impaciencia a su alrededor. A juzgar por el número de asistentes, el despliegue publicitario había funcionado. Las personas invitadas a la subasta eran ricas, famosas o tenían buenos contactos. Ya había visto a un político y a un miembro de la alta sociedad, además de a un actor de incógnito que, según se rumoreaba, estaba interesado en adquirir los derechos cinematográficos para su productora.

Dunbar, que había sido un hombre extremadamente reservado, debía de estar revolviéndose en su tumba en esos momentos.

–¿Alguien da más? –repitió el subastador, dispuesto a cerrar la puja.

Chase llevaba años practicando su expresión indiferente y distante, pero por dentro sonreía triunfante. El manuscrito sería suyo. Ya casi podía saborearlo.

–Quinientos diez mil dólares. Gracias, señora.

Se oyó un grito ahogado entre la multitud y Chase juró entre dientes antes de levantar de nuevo la pala.

El subastador asintió con la cabeza.

–Quinientos veinte mil.

La elegante rubia que había sentada cerca de él levantó por fin la vista de su teléfono móvil.

–¿Sabe que el libro se va a publicar dentro de seis meses?

–Sí.

Ella esperó, pero al ver que Chase no decía nada más, se encogió de hombros y volvió al teléfono.

Otra oleada de murmullos inundó a los espectadores, y entonces…

–Quinientos treinta mil dólares.

«De eso nada», pensó Chase, levantando su pala de nuevo.

Su rival estaba en la otra punta de la sala, con la espalda pegada a la pared. Era menuda, con los ojos grandes, la melena rojiza recogida y expresión seria. Él pensó enseguida que el traje negro que llevaba puesto no le sentaba bien, ya que tenía la tez muy pálida.

No obstante, parecía decidida a llevarse el manuscrito, porque volvió a levantar la pala al tiempo que alzaba la barbilla de manera desafiante.

Chase también se dio cuenta de que la mujer quería dar una imagen de persona altiva e intocable. Al parecer, era una mujer acostumbrada a salirse con la suya.

Eso lo llevó a recordar un fragmento de su pasado y apretó los labios mientras lo invadían los recuerdos amargos.

«De eso nada. Tú ya no tienes dieciséis años y es evidente que ella no es Perfecta».

Los Perfectos… Durante años, había conseguido no pensar en aquellos tres cretinos y en sus novias. De aspecto perfecto, de habilidades sociales perfectas. Tan perfectos que habían hecho que sus años de instituto fuesen un infierno.

Fulminó a la mujer con la mirada. Era de las que miraban a todo el mundo con arrogancia, de las que pensaban que eran superiores a los demás.

«Olvídalo. Eso forma parte del pasado. Ya no eres un chico indefenso de familia humilde», se dijo a sí mismo.

Aun así, no pudo apartar la vista de ella. Apretó los dientes con tanta fuerza que empezó a dolerle la mandíbula.

Por fin, consiguió mirar al subastador antes de envenenarse por completo y dijo en voz alta:

–Un millón de dólares.

Toda la sala se sorprendió y él miró a su rival con expresión anodina. «Intenta superar eso, princesa».

Ella parpadeó una vez, dos, y sus enormes ojos lo estudiaron con tal intensidad que Chase no pudo evitar fruncir el ceño.

Entonces, dejó la pala a un lado y miró al subastador mientras negaba con la cabeza.

Un par de segundos después se había terminado.

Sí. Chase sintió la emoción de la victoria mientras se levantaba y avanzaba por el pasillo.

–Enhorabuena –lo felicitó la rubia, siguiéndolo entre la multitud–. Aunque a mí se me ocurren muchas maneras mejores de gastar un millón de dólares.

Chase respondió con una ligera sonrisa y luego miró hacia el otro lado de la sala.

La otra mujer había desaparecido.

Buscó entre la multitud, pero al principio no vio a ninguna pelirroja. Hasta que la sala empezó a vaciarse y la vio charlando con una mujer rubia que iba vestida de traje. Esta se giró y Chase la reconoció.

Era Ann Richardson, la directora ejecutiva de Waverly's.

En los últimos meses, había leído muchas cosas acerca de la casa de subastas. Se había hablado de actrices, de escándalos, de una estatua que no aparecía. Cosas que parecían sacadas de una novela. En ocasiones, le costaba creer que él se moviese también en aquellos círculos sociales.

Pero sabía de primera mano lo oscura que podía llegar a ser la otra cara, sobre todo, cuando había dinero de por medio. El ejemplo era la propia Ann Richardson, una mujer decidida y carismática, que había hecho que el nombre de Waverly's apareciese en todos los periódicos gracias a su supuesta aventura con Dalton Rothschild.

Chase frunció el ceño. Rothschild tenía algo que no le gustaba... Era encantador y un hombre de negocios con mucho talento, pero a él nunca le había gustado que quisiese atraer la atención en los actos benéficos, para que todo el mundo se enterase de las donaciones que hacía.

Varias personas le dieron la mano y Chase volvió a mirar a las dos mujeres que, a juzgar por cómo estaban charlando, parecían conocerse bien. Él sacó su teléfono para seguir observándolas mientras fingía hacer una llamada.

Cualquiera habría dicho que el aspecto de la pelirroja era impecable, pero él no tardó en encontrarle varios fallos: un hilo en el puño, unas arrugas en la chaqueta, las asas del bolso desgastadas. Bajó la vista por sus piernas delgadas y se fijó en los zapatos, de tacón muy alto, limpios y evidentemente caros. Le resultaron familiares.

Hacía un par de años que había salido con una diseñadora de moda que los había tenido iguales en varios colores. Si aquellos eran de verdad, tenían por lo menos tres años. Si eran falsos, la cosa se ponía todavía más interesante.

La pelirroja cambió el peso del cuerpo de una pierna a la otra e hizo un gesto de dolor, como si los zapatos le estuviesen haciendo daño. Eso indicó a Chase que no estaba acostumbrada a llevar tacones y que, evidentemente, no era una mujer que pudiese gastarse medio millón de dólares así como así.

Todos aquellos pequeños detalles le hicieron explotar de repente, se sintió furioso. Aquello no podía ser una coincidencia. Las cosas siempre ocurrían por algún motivo, no por casualidad. La pelirroja tramaba algo. Entre su aspecto, su relación con Ann Richardson y la reputación que esta última había adquirido en los últimos tiempos…

Si Richardson había utilizado un señuelo para hacerle subir la puja, él no permitiría que se saliese con la suya.

«Has perdido», pensó Vanessa mientras golpeaba con la punta de sus Louboutins rojos el suelo encerado de Waverly's. Se sentía decepcionada.

No obstante, su fracaso se había visto ligeramente eclipsado por el encuentro con Ann Richardson, que había sido compañera de habitación de su hermana en la universidad y, por unos minutos, había vuelto a ser solo la hermana de Juliet.

–Juliet va a estar un par de semanas en Washington –le había dicho Vanessa a Ann–. Deberías llamarla. Podríamos quedar para comer, si no estás demasiado ocupada.

Ann sonrió.

–Siempre estoy ocupada, pero me apetece mucho. Me vendría bien escapar un poco de aquí.

Vanessa sabía cómo se sentía.

Charlaron un par de minutos acerca de la subasta y después de la familia de Vanessa, hasta que esta mencionó que tenía que tomar un avión y Ann le ofreció su coche. Vanessa quiso rechazar el ofrecimiento, pero lo cierto era que tendría más intimidad con un chófer privado que yendo en taxi.

Intimidad para regodearse en su fracaso.

Había pujado lo más alto posible, pero era evidente que el fondo fiduciario de su abuela no había sido suficiente. «Lo siento, Meme». Suspiró mientras se ataba el cinturón del abrigo. «Estoy segura de que pensarías que estoy loca, por querer algo de ese hombre, pero siempre me enseñaste que un legado familiar era el regalo más importante que le podías hacer a un hijo».

Y lo único que había conseguido era que le

doliese la espalda, de haber estado tan recta y tensa.

Anduvo a paso ligero y vio su rostro, todavía tenso, en un espejo.

Hacía mucho tiempo que no había necesitado poner cara de póquer, pero las viejas costumbres no morían nunca. «Es normal, te enseñaron a hacerlo cuando tenías cinco años». Y había vivido veintidós años más con ello. «Eres una Partridge», había sido la frase favorita de su padre. «Tus antepasados estuvieron entre los fundadores de Washington. Jamás demuestres debilidad ni vulnerabilidad y nunca jamás hagas nada que pueda manchar el noble legado de esos antepasados».

Agarró el pomo de la puerta mientras se emocionaba por dentro. Había manchado ese legado y no solo había preferido hacerse profesora en vez de jurista, sino que había dejado el trabajo que su padre le había buscado en un exclusivo colegio privado y además se había quedado embarazada sin estar casada. Aquello era para el gran Allen Partridge la mayor decepción posible. Y ella había tenido que sufrir su enfado durante días, hasta que había decidido marcharse de casa.

—Disculpe.

De repente, una mano masculina golpeó la puerta, cerrándola y sacando a Vanessa de sus pensamientos.

—¿Qué está…? —se giró y dejó de hablar al

ver un par de ojos azules que la miraban muy enfadados.

Era un hombre guapo, muy guapo. ¡No! Era el hombre del millón de dólares.

–¿…haciendo? –terminó la frase, agarrando con fuerza su bolso.

El hombre, que iba vestido de traje y tenía los hombros anchos, el porte arrogante y un rostro impresionante, emanaba irritación.

–¿Quién es usted? –le preguntó.

Vanessa parpadeó.

–Eso no es asunto suyo. ¿Quién es usted?

–Alguien que podría causarle muchos problemas. ¿De qué conoce a Ann Richardson?

–Eso tampoco es asunto suyo –respondió Vanessa–. Ahora, si me disculpa…

El hombre se negó a moverse y la miró de arriba abajo.

Vanessa arqueó una ceja y se cruzó de brazos.

–¿Tengo que llamar a seguridad?

–Hágalo. Estoy seguro de que les interesará conocer su historia.

Lo primero que sintió Vanessa fue sorpresa, después preocupación. Respiró hondo.

–Mire, no sé quién piensa que soy o qué he…

Él se rio.

–Déjese de tonterías. Sé muy bien lo que ha hecho. La pregunta es si quiere aclararlo o prefiere que lo haga yo en su lugar –dijo en tono frío.

—¿Aclararlo? —preguntó Vanessa.

—Sí, estoy seguro de que a la prensa le interesaría su historia.

A ella le sorprendió que lo supiera. Nadie lo sabía. Se llevó la mano a la garganta, pero hizo acopio de valor.

—Hasta que no haya pruebas irrefutables, no admitiré nada.

Siempre era útil tener un abogado defensor en la familia. Respiró hondo y se sintió segura de sí misma.

—¿Qué historia iba a contar? —preguntó después con voz calmada.

—Que ha falseado la subasta —murmuró él.

—¿Qué?

—Que ha hecho de cebo, pujando para...

—Ah, ya sé a lo que se refiere, pero... está loco.

—¿Niega que conoce a Ann Richardson? —insistió él.

—Por supuesto que la conozco —le respondió Vanessa—, fue compañera de habitación de mi hermana en la universidad.

La expresión del desconocido se tornó calculadora.

—De acuerdo —dijo, estudiándola con la mirada.

Vanessa no pudo evitar volver a preocuparse.

—Es cierto, y se lo puedo demostrar.

—Por supuesto.

–Escuche, señor…

–Harrington. Chase Harrington.

–Señor Harrington. Ha ganado la puja. Ha conseguido el valioso manuscrito de D. B. Dunbar… –la voz se le quebró en ese momento, pero ella hizo un esfuerzo y continuó–: Pague y disfrute de su premio. Si me disculpa…

–¿Y por qué ha pujado usted por el manuscrito?

Ella buscó las gafas de sol en el bolso.

–¿Por qué han pujado las demás personas que había en la sala?

–Se lo estoy preguntando a usted.

Vanessa se encogió de hombros y se puso las gafas de sol.

–Odio esperar. Sobre todo, tratándose de una novela de D. B. Dunbar.

Él se cruzó de brazos y la miró con escepticismo y enfado.

–No podía esperar seis meses.

–Eso es.

–Tonterías.

El estrés de los últimos años, la tensión de la subasta, el no tener cerca a sus hijas y el ajetreo de Nueva York la estaban minando y hacían que Vanessa cada vez tuviese menos autocontrol. Solo le faltaba aquello… aquel tipo arrogante. No podía más.

Notó calor en el rostro. Se puso las gafas de sol en la cabeza y levantó la barbilla para fulminarlo con la mirada.

—¿Sabe qué? Que me ha pillado. ¿Sabe quién soy? —lo retó, dando un agresivo paso al frente—. Era la novia secreta de Dunbar, no me dejó nada y quería hacerme con el manuscrito para después volver a venderlo y sacar algo de dinero cuando se editase el libro. ¿Le parece bien?

El hombre siguió mirándola antes de responder. Era evidente que tenía dinero y una posición social, uno de esos tipos en los que el ego y la vanidad siempre iban de la mano. No obstante, por un instante, la miró a los labios.

Fue algo tan intenso y repentino que Vanessa dio un grito ahogado. Su ira se convirtió en deseo y este hizo que se tambalease.

Chase no pudo evitar fijarse en lo mucho que había abierto los ojos verdes. Si hubiese sido más ingenuo, habría dicho que eran unos ojos inocentes.

Pero una mujer con esa boca tenía que ser tan inocente como él.

Chase tomó aire, espiró y entonces se dio cuenta de que ella lo impregnaba todo. Olía a vainilla y a algo más… a algo suave, que le resultaba familiar, pero que no era capaz de identificar.

Aquella princesa olía muy bien y eso le fastidió, porque lo último que necesitaba era sentirse tan atraído por ella. No podía. Y no lo haría. Él no se comprometía ni trataba con Perfectos.

Tenía que controlarse.

—¿Señorita Partridge? —dijo una voz, y ambos se dieron la vuelta y vieron a un hombre uniformado con una gorra debajo del brazo.

—¿Sí? —preguntó ella.

—La señorita Richardson me ha pedido que le informe de que el coche está esperándola. ¿Adónde quiere ir?

—Al aeropuerto JFK, gracias —le respondió.

Y sin más, se dio la media vuelta y siguió al conductor por el largo pasillo.

Chase se puso tenso al ver alejarse su cuerpo curvilíneo. Hasta andaba con gracia, pensó, con la mirada clavada en el balanceo de sus caderas.

Él se quedó donde estaba, con los brazos en jarras, hasta que la vio doblar la esquina y desaparecer.

No había demostrado su inocencia ni había contestado a sus preguntas, pero sabía cómo se llamaba, Partridge. Lo que significaba que aquello no se había terminado, ni mucho menos.

Capítulo Dos

Chase se miró el reloj por quinta vez mientras estudiaba la calle oscura y arbolada de aquel barrio de las afueras y se movía incómodo en el asiento de cuero del coche que había alquilado.

Vanessa Partridge. Clavó la vista en el edificio de apartamentos que había tres puertas más allá, en la luz encendida del segundo piso.

Al principio, había pensado que tenía que haber algo en aquel manuscrito que aquella mujer quería mantener oculto, pero no había encontrado nada. Así que había retomado su idea del principio: que Waverly's la había utilizado como cebo.

Se abrochó el abrigo y salió del coche. Hacía frío para ser octubre. Tenía muchas preguntas, había demasiados cabos sueltos. A pesar de la información que había conseguido sacar al personal de Waverly's y a través de Internet, no había nada que llenase los vacíos mejor que la propia mujer. Era cierto que su hermana y Ann Richardson habían compartido habitación, pero el resto no estaba claro.

¿Por qué iba a prestarse Vanessa Partridge a

servir de cebo para Waverly's? ¿Cómo iba a infringir así la ley la hija de dos respetados abogados de Washington?

Chase se metió las manos en los bolsillos. Si era tan inocente como decía, ¿cómo era posible que pudiese pujar por aquel manuscrito con su sueldo de profesora y siendo madre soltera? ¿Utilizando el dinero de su padre? ¿Por qué no emplearlo en comprarse una casa, un coche, o en contratar a una niñera?

Se había empezado a hacer aquellas preguntas al verla salir de la guardería en la que trabajaba, vestida con vaqueros y una cazadora vieja, con el pelo recogido en una sencilla coleta. La había observado con fascinación mientras ella se ocupaba de dos bebés, los sentaba en las sillas de un viejo BMW, metía sus cosas en el maletero y después conducía durante quince minutos hasta un edificio de dos pisos situado en una calle normal de Silver Spring, Maryland.

Vanessa Partridge procedía de una familia respetable y con dinero y a Chase le sorprendía que hubiese dado la espalda a una prometedora carrera de abogada, habiendo podido entrar en el bufete de sus padres nada más terminar los estudios. Al enterarse de aquella información en concreto, se había dado cuenta de que tenía que ir a Maryland. Estaba acostumbrado a las especulaciones, era a lo que se dedicaba. Primero, en Rushford Investments, y después, al haberse convertido en uno de los gestores de carteras más solicitados de McCoy Jameson's. En esos momentos trabajaba por cuenta propia y para un par de inversores. Tenía talento para hacer dinero y había ganado mucho a lo largo de los años, incluso durante la época posterior a la crisis. Así que podía hacer lo que quisiera.

Y en esos momentos lo que quería era averiguar la sorprendente historia de Vanessa Partridge, porque había algo en ella que se le escapaba.

Miró la ventana del apartamento de Vanessa.

Si estaba equivocado con ella, tendría que disculparse. Él siempre admitía sus errores. Pero la única manera de averiguar la verdad era enfrentándose a ella.

No, enfrentarse a ella, no. Eso era lo que había hecho en Nueva York y lo único que había conseguido había sido sentir unas inexplicables ganas de besarla.

Se maldijo. Era una Perfecta en el sentido más amplio de la palabra. Tenía la educación, el dinero, la actitud... y la belleza. Aquel pelo, aquella piel. La boca, tan bonita y carnosa. Y esos grandes ojos verdes...

Maldijo entre dientes y cerró la puerta del coche. Había luchado mucho por mantener su pasado enterrado, aunque este lo hubiese convertido en el hombre que era y lo hubiera guiado a la hora de tomar decisiones y de alejarse lo máximo posible de su vida anterior. Y eso incluía alejarse también de personas como Vanessa Partridge.

Aquella mujer había despertado su curiosidad, había llamado demasiado su atención. Si había hecho de cebo para Waverly's, tendría que denunciarla.

¿Y si no lo había hecho?

Chase pensó en un rato antes, cuando la había visto luchar por meter a sus dos bebés en el coche.

Tenía que mantenerse frío hasta que supiese cuál era realmente su historia y su relación con el manuscrito. Enfadarse era implicarse emocionalmente, y eso podía llevarle a cometer errores. Hacía mucho tiempo que había aprendido esa lección.

—Buena chica, Heather. ¡Te has comido toda la cena! —le dijo Vanessa, limpiando con cuidado la sonriente boca de su hija de dieciocho meses antes de mirar a su gemela—. ¿Qué tal tú, Erin? ¿Todavía estás pintando?

La otra niña, que era morena y tenía el pelo rizado, levantó la vista de su plato de puré de calabaza para sonreír.

—¡Pinta! —exclamó, metiéndose los dedos en la boca.

Vanessa se echó a reír y le limpió el pelo de comida.

–Menuda obra de arte. Además, es comestible. Eres toda una innovadora.

Heather aplaudió y gritó para alentar a su hermana a continuar. El puré salpicó de manchas naranjas la camisa azul oscuro de Vanessa. Ella se las limpió sonriendo a pesar de que por dentro tenía una sensación agridulce.

Había vuelto a casa, a su vida normal, dos días antes, y todavía no había superado la sensación de fracaso de su viaje a Nueva York.

«Estoy muy decepcionada contigo, Vanessa». Si cerraba los ojos, la voz imaginaria se parecía mucho a la de su padre.

Tocó la mejilla caliente de Heather y se puso seria.

Tenía amigos, a sus hijas, un trabajo que le encantaba. Y todo eso la había hecho feliz durante casi dos años. En un par de ocasiones había pensado en llamar a sus padres, incluso en disculparse, pero no había llegado a hacerlo. No tenía de qué disculparse.

Al enterarse de la subasta, había sentido que tenía un nuevo propósito. Le había dado vueltas y más vueltas, lo había analizado todo antes de hacerse ilusiones y de idear un plan. Tal vez Dylan no les hubiese dejado, ni a ella ni a las niñas, nada con lo que recordarlo, pero Vanessa había decidido enmendar ese error.

Y había fracasado.

Era evidente que había alguien ahí afuera que no quería que ella tuviese ese manuscrito.

Suspiró mientras limpiaba el puré de la trona de Heather. Tenía tantos recuerdos en la cabeza... Tantos errores...

Menos dos. Miró a Erin y a Heather, que estaban jugando con el puré, y se le encogió el corazón. Volvería a pasar por las horribles acusaciones de su padre y por la terrible pelea que había tenido con él si eso significaba tener a aquellas dos niñas en su vida. Eran suyas. Solo suyas.

—¿Mamamama? —dijo Heather, mirándola con sus ojos marrones, muy parecidos a los de Dylan.

A Vanessa se le cortó la respiración al inclinarse a darle un beso en la cabeza. El olor de su pelo, a champú y a puré de calabaza, hizo que se olvidase de todas sus penas.

—Creo que es la hora del baño.

—¡Baño! —repitió Erin, golpeando su trona.

Vanessa limpió las dos tronas y desató a las niñas. Con una apoyada en cada cadera, salió de la cocina y atravesó el salón y el pequeño pasillo.

Aquel apartamento era perfecto, aunque que solo tuviese un baño sería un inconveniente cuando las niñas creciesen. Entonces, tendría que buscar uno más grande, con tres habitaciones y al menos dos cuartos de baño.

Tal vez el destino quisiese avisarla de que tendría que utilizar el dinero para cosas más importantes.

Apartó la subasta de su mente y se concentró en bañar a las niñas, secarlas, leerles un cuento y dejarlas en sus cunas. Como de costumbre, Erin fue la primera en quedarse dormida, casi inmediatamente. Heather era la más inquieta y no se quedó tranquila hasta que Vanessa le estuvo cantando con suavidad mientras apoyaba una mano en su espalda.

Iba por la segunda canción cuando la niña dejó de moverse y su respiración cambió.

Vanessa suspiró, apartó la mano con cuidado y salió de la habitación de puntillas, cerrando la puerta.

Casi había llegado a la cocina cuando sonó el teléfono.

Respondió rápidamente.

—¿Dígame?

—Buenas noches, Vanessa. Soy Connor Jarvis, del número quince.

A ella se le cayó el alma a los pies. Era un vecino mayor que estaba decidido a proteger a todas las mujeres de McKenzie Road. En otras ocasiones, era todo un detalle que se preocupase por ella, pero aquella no era la noche.

—Hola, señor Jarvis. ¿En qué puedo ayudarlo?

—Bueno, tengo entendido que tus vecinos de abajo, los Taylor, van a estar fuera todo el mes y…

Vanessa esperó pacientemente a que Jarvis tosiese y volviese a hablar.

—¿Recuerdas que ayer te dije que había visto a un tipo rondando por el número siete?

—¿Sí?

—Bueno, pues no quiero alarmarte, pero creo que está justo delante de tu casa.

—¿Qué?

Vanessa se acercó a la ventana del salón y miró hacia la calle.

—¿Dónde? —preguntó.

—Estaba ahí hace unos minutos, mirando hacia tu ventana, pero ahora ya no lo veo —respondió Jarvis, tosiendo de nuevo.

—¿Está seguro de que era un hombre? —insistió Vanessa.

—Seguro. Alto y fuerte. Vestido de traje, válgame el cielo. ¿Qué delincuente va vestido de traje?

—¿Uno al que se le da muy bien su trabajo?

Jarvis se echó a reír y después añadió:

—¿Quieres que llame a la policía?

—No. No, yo… —dijo ella, suspirando—. Lo conozco. Gracias por avisarme, señor Jarvis. Me ocuparé de él. Buenas noches.

Y colgó antes de que su vecino siguiera interrogándola.

Vanessa se detuvo en medio del salón y pasaron varios segundos antes de que se diese cuenta de que se había metido la punta del pulgar en la boca.

«¡Sácate el dedo de la boca, Vanessa!», se recriminó.

Se estremeció. Todavía se sobresaltaba al recordar las palabras de su padre.

«Céntrate. Es Chase Harrington», se dijo después.

Podía hacer como si no supiese que estaba allí, pero sabía que él no permitiría que lo ignorase.

Vanessa tenía demasiadas preguntas rondándole la cabeza. ¿Qué estaba haciendo allí? ¿Se habría creído su sarcástica confesión acerca de Dylan? ¿Qué querría? Tragó saliva. La pregunta más importante era: ¿Conocía la existencia de las niñas?

Dudó, sin saber qué hacer, hasta que oyó el timbre y tuvo que actuar. Molesta, bajó las escaleras corriendo y abrió la puerta.

—¡No vuelva a llamar!

Él bajó la mano y la miró a través de la puerta de seguridad. Dominaba el porche con sus anchos hombros e iba vestido con un traje caro y un elegante abrigo.

—De acuerdo.

—¿Me está acechando, señor Harrington? —le preguntó ella, cruzándose de brazos porque tenía frío.

—No, solo quería hablar con usted.

—Si me ha seguido hasta aquí para acusarme de algo más...

—No, no es eso —respondió él, metiéndose las manos en los bolsillos—. ¿Podemos hablar dentro?

—Por lo que yo sé, podría ser un psicópata —replicó Vanessa, a pesar de que había buscado información en Internet y no había encontrado nada que le hiciese pensar que lo fuese.

Al otro lado de la calle se encendió una luz, era Connor Jarvis, Vanessa suspiró y abrió la puerta.

—Está bien. Entre.

Él se quedó donde estaba.

—Podría ser un psicópata.

—Pero, al parecer, no lo es. O eso dice Google.

Chase puso cara de sorpresa y después sonrió con satisfacción.

—Viene usted de muy lejos solo para charlar —añadió ella.

Dejó que pasase mientras pensaba en su encuentro, sobre todo, en el tenso momento que se había producido justo antes de que el chófer de Ann los interrumpiese. De hecho, llevaba varios días intentando olvidarlo, negándose a hacer lo que solía hacer normalmente, es decir, analizar cada palabra, cada acción y reacción, el lenguaje corporal.

Casi podía oír a su hermana Juliet riéndose de ella y tomándole el pelo:

—Siempre analizas demasiado las cosas, Ness: «¿Me gusta? ¿Le gusto? ¿Le doy la mano? ¿Lo beso? Si lo hago, ¿pensará que soy demasiado fácil?»

Con Dylan, había interpretado el interés que

había demostrado por ella y habían terminado en la cama. Y había resultado estar muy equivocada.

«Solo un idiota comete dos veces el mismo error, querida», solía decir su abuela. «Y los Partridge somos demasiado listos para eso».

Vanessa se giró por fin hacia él en la tenue luz del pasillo. Era muy guapo y no pudo evitar volver a sentirse atraída por él.

«Es solo un tipo guapo», se dijo. Pero pensó que tenía algo más, había algo detrás de aquellos ojos, algo distinto.

«Sí, siempre te atraen los hombres taciturnos, inteligentes y emocionalmente dañados, ¿verdad?».

Vanessa reprimió todas sus emociones. La presencia de Chase Harrington allí, en su casa, no podía augurar nada bueno.

Capítulo Tres

–Mire, señor Harrington, es evidente que me ha seguido –empezó, cruzándose de brazos y mirándolo con dureza–. Así que a estas alturas ya sabrá que mi papel en la subasta fue real.

–Chase –le dijo él.

Luego la estudió, su postura era defensiva. Él inclinó la cabeza.

–Se está balanceando –añadió.

Vanessa se ruborizó y se quedó inmóvil.

–Es la costumbre. Bueno… iba a contarme qué está haciendo aquí.

Lo cierto era que ni él mismo lo sabía. ¿Pensaría que estaba loco si le decía que, sobre todo, le picaba la curiosidad?

–Quería saber si lo que me dijo en Waverly's… que había sido novia de Dunbar, es cierto.

Ella parpadeó, sorprendida.

–No. Y, de todos modos, no pienso que mi vida pueda tener ningún interés para alguien como… usted.

–¿Qué quiere decir?

–¿El qué?

–Lo de alguien como yo.

Ella se puso recta y levantó la barbilla.

–Quiere decir que es evidente que es un hombre rico, con muchos contactos, poder e influencia... Y yo, no.

–No se infravalore, señorita Partridge.

Vanessa frunció el ceño y Chase vio en ella un gesto de arrogancia. Era una expresión que le salía con tanta naturalidad que Chase se preguntó si habría pasado horas practicándola delante del espejo.

Él apretó los dientes y se preguntó qué hacía allí.

Mientras se miraban fijamente en silencio, se oyó el grito de un niño en el piso de arriba. Vanessa apartó la mirada y apoyó un pie en el primer escalón.

–¿Ha venido solo a decirme eso...? –le preguntó, molesta.

–Vaya –respondió Chase–. Esperaré.

Ella subió las escaleras con el ceño fruncido y Chase siguió el movimiento de su trasero, enfundado en unos pantalones vaqueros, con la mirada. No podía apartar los ojos de ella. Iba descalza... El pantalón le sentaba muy bien...

Sacudió la cabeza al darse cuenta de lo que estaba haciendo y apretó los puños con fuerza.

Quince minutos después, cuando ella volvió a bajar, había recuperado el control.

–Tiene un bebé –comentó Chase, fingiendo desconocerlo.

Vanessa se cruzó de brazos.

–Dos niñas. Gemelas. Aunque teniendo en cuenta que sabe dónde vivo, supongo que también sabrá eso.

Chase asintió despacio.

–¿Por qué tiene tanto interés en mí? –inquirió ella.

–¿Por qué quería el manuscrito de Dunbar?

–Ya se lo dije –respondió ella, poniendo los brazos en jarras y gesto aburrido–. Odio esperar.

Chase suspiró, se le estaba agotando la paciencia, pero en vez de presionarla, continuó:

–Es fan de D. B. Dunbar.

–De sus libros, sí.

Chase se dio cuenta de la rectificación.

–A usted también deben de gustarle mucho –añadió ella.

–¿A mí? No.

Vanessa frunció el ceño.

–¿No ha leído sus libros?

Chase negó con la cabeza.

–¿No conoce a *Charlie Jack*?

–No.

–Pues debería. Es… era… –empezó Vanessa, haciendo una pausa para buscar las palabras adecuadas–. Un hombre con mucho talento. Sus libros te llevan a otro lugar, son como música para los oídos. Era… un gran escritor.

Chase pensó que no era aquello lo que había pensado decirle en un principio.

Ella se apartó el pelo con una mano y se metió la otra en el bolsillo trasero del pantalón.

–¿Y por qué compró el manuscrito si no es un fan?

–Es una pieza de coleccionista –respondió él–. Una buena inversión que aumentará su valor con la muerte del autor.

Ella se estremeció y Chase se dio cuenta.

En Nueva York le había parecido una mujer fría y escurridiza, pero allí, en su propia casa, ya no le parecía tan Perfecta.

–No ha contestado a mi pregunta –le dijo Vanessa, volviendo a cruzarse de brazos–. ¿Por qué ese interés en mí?

–Porque quería asegurarme de que era de fiar. Y, si lo era, disculparme.

Ella frunció el ceño, confundida.

–Podría haberlo hecho por teléfono.

–Sí, pero no habría querido hablar conmigo.

–Es probable. Dígame, señor Harrington, ¿qué ha averiguado acerca de mí?

Sorprendentemente, Chase se acababa de quedar sin palabras, atrapado en la retadora mirada de aquella mujer, como un chico de quince años al que le hubiesen sorprendido espiando a las chicas en el cuarto de baño. Respiró hondo para tranquilizarse.

–Que su hermana y Ann compartieron habitación en la universidad, que sus padres son dos abogados de mucho éxito. Que usted empezó a estudiar Derecho y después cambió de carrera, pero…

–¿Pero qué? –preguntó Vanessa, arqueando las cejas–. Ya que ha venido hasta aquí, hágame la pregunta. Que la responda o no, es otra cuestión.

–No está precisamente sobrada de dinero, ¿verdad?

–La pregunta es si podía permitirme pujar por el manuscrito, ¿no? –preguntó ella, poniéndose tensa–. Tengo una herencia de mi abuela materna.

–Pero que no era suficiente para superar mi puja.

Vanessa apretó los labios antes de contestar:

–No.

La expresión de Chase no dejó entrever su confusión. Tenía la sensación de que Vanessa Partridge era algo más que una fan de Dunbar, pero si seguía insistiendo, lo echaría de su casa.

¿Cómo podía abordar el tema?

Sintió que la inspiración lo había abandonado y clavó la vista en la puerta azul.

–¿Y cómo se llaman las niñas?

Ella dudó antes de contestar:

–Erin y Heather.

Chase arqueó las cejas. Lo tenía.

–Los personajes del manuscrito de Dunbar.

–¿Qué? –dijo ella, agarrándose a la barandilla de las escaleras.

Chase alargó la mano para sujetarla, pero

ella se apartó y lo miró con disgusto antes de sacudir la cabeza y clavar la vista en el suelo.

–He hojeado el manuscrito –continuó él–. Más o menos a la mitad presenta a dos personajes llamados Megan y Tori, pero luego, en las notas, les cambia el nombre.

Vanessa levantó la cabeza.

–¿Y explica el motivo?

–No.

–Entonces, en la versión que se publique serán…

–Heather y Erin. Sus hijas –le confirmó Chase–. Y de Dunbar.

Se hizo un largo silencio, solo interrumpido por un suspiro de Vanessa. Esta tardó unos segundos en poner los hombros rectos y levantar la barbilla.

–Será mejor que suba.

Chase arqueó las cejas.

–¿Seguro?

Vanessa asintió, se dio la vuelta y empezó a subir las escaleras.

Él la siguió, concentrándose en no clavar la vista en su trasero. Miró hacia el fondo del pasillo y vio un dormitorio a la derecha, antes de que ella señalase en dirección contraria y dijese:

–Siéntese.

Entraron en el salón, que tenía una pared cubierta de libros que parecían muy usados. También había una televisión pequeña y un DVD.

En una librería había varios recuerdos, un portavelas, una escultura un tanto rara y una docena de pequeños origamis. Encima de la mesita de café había revistas, un montón de hojas de papel de colores y una jarra con pinturas de colores. El centro de la habitación estaba ocupado por un corralito y junto a él había un sillón.

¿Así era Vanessa Partridge en realidad?

Chase lo estudió todo con la mirada. ¿Por qué alguien de tan buena familia vivía de alquiler y trabajaba cobrando poco dinero como profesora de guardería?

Vanessa cerró la puerta; se sentía confundida.

–¿Por qué? ¿Por qué Dylan…?

Aquella llamada de teléfono.

–*Tengo que hablar contigo* –le había dicho en su mensaje.

Ella le había devuelto la llamada nada más escucharlo, y había pasado del optimismo a la ira después de tres horas y cinco mensajes. Dylan no había respondido. Entonces, Vanessa había encendido la televisión y se había enterado de su muerte en un accidente aéreo.

Se adentró en el salón. Nunca había sentido semejante desconcierto en toda su vida. Era cierto que había sido muy tonta al implicarse con un hombre incapaz de quererla como ella se merecía, pero se había torturado con aquel último mensaje durante días.

Y aquello ya no tenía nombre.

Después del accidente, no había tenido en quién confiar, lo que había hecho que aumentase su sensación de soledad.

Durante las semanas siguientes, en las que la prensa había entrevistado a los vecinos de Dylan, a su editor y a su secretaria, lo único que había podido hacer había sido mirar la televisión con una mezcla de ira y frustración.

Empezar con una vida y un trabajo nuevos había sido muy duro, pero mucho menos que ser la novia secreta de D. B. Dunbar.

Y Chase Harrington era el único que sabía la verdad.

La idea hizo que Vanessa sintiese pánico.

—Entonces, ¿qué...? —empezó ella.

Un sollozo infantil la interrumpió y se miraron a los ojos. Vanessa se giró y fue hacia el pasillo, pero Chase la agarró de la muñeca.

—Espere.

Ella lo fulminó con la mirada y Chase la soltó.

—Hable con ella desde el otro lado de la puerta. No entre ni encienda la luz.

Vanessa frunció el ceño.

—¿Por qué...?

La niña lloró con más fuerza y Chase añadió:

—Inténtelo.

Vanessa volvió a fulminarlo con la mirada, pero se acercó en silencio a la puerta de la habitación de sus hijas y dijo:

—No pasa nada, Heather.

—Más alto. Con dulzura.

Ella apretó los dientes, pero lo obedeció.

—Mamá está aquí. Duérmete, cariño.

Hizo una pausa y oyó a Heather al otro lado de la puerta, más tranquila.

—Duérmete, cariño. Duérmete.

Contuvo la respiración y esperó. Unos segundos después, la niña había dejado de llorar.

Vanessa se giró hacia Chase y lo miró con incredulidad.

—¿Cómo sabía eso?

Él se encogió de hombros.

—He pasado mucho tiempo con niños cuando era joven. Solía funcionar.

Se oyó un grito al otro lado de la puerta.

—Pues parece que con Heather no funciona —dijo Vanessa.

Y luego pasó a la habitación de las niñas. Con la luz de la luna que entraba por la ventana, vio a la niña con los ojos abiertos, a punto de echarse a llorar, y empezó con la rutina: cantó con suavidad, la tumbó de lado y le acarició la espalda mientras buscaba con la mirada por la cuna.

Por fin encontró el chupete y se lo puso a Heather en la mano. Esta se lo metió en la boca y empezó a succionar con fuerza.

Vanessa sonrió. Erin no lo necesitaba para estar tranquila, pero Heather no podía dormir sin él.

Comprobó que la otra niña estaba dormida y salió de la habitación en silencio, sacudiendo la cabeza de camino al salón.

Chase estaba en el centro, con las manos detrás de la espalda y las piernas separadas.

Era una postura típicamente masculina que hizo que ella volviese a ponerse a la defensiva.

–Heather solo se despierta cuando pierde el chupete –le explicó.

–Ah.

–Erin podría seguir durmiendo aunque cayese una bomba.

Él esbozó una sonrisa y Vanessa pensó que, si sonriese de verdad, dándolo todo, sería probablemente devastador.

–¿Tiene hijos? –le preguntó.

–No. Mire, debería disculparme e...

–¿Le apetece...?

Ambos hablaron a la vez. Se interrumpieron, y volvieron a hablar:

–... irme.

–... tomar algo?

Se volvió a hacer el silencio. En esa ocasión, Chase sonrió de verdad y a Vanessa se le aceleró el corazón.

Qué sonrisa.

–Tengo... café –le dijo en voz baja, haciendo un esfuerzo por recuperar la compostura y poniéndose recta.

Vio que le había salido un hoyuelo en la mejilla. Solo uno. Como si con su dinero y su belleza no fuese suficiente.

Aunque perdiese algunos puntos por culpa de la arrogancia.

—Vanessa, seamos sinceros. Sé por qué pujaste por el manuscrito.

Y unos cuantos más por su falta de decoro.

No tenía ni idea de cuál era la historia en realidad, y ella estuvo a punto de decirle adónde se podía ir, pero se acobardó en el último momento.

—Señor Harrington…

—Chase.

—Chase —repitió ella—. Lo siento, pero no te conozco y no hablo de mi vida personal con extraños, ni siquiera cuando ese extraño se ha molestado en investigarme.

Él parpadeó y la miró fijamente antes de decir:

—Creo que me tomaré ese café, gracias.

—¿Perdón?

—Me habías ofrecido un café, ¿no?

—Sí, pero…

—Te ayudaré si me enseñas dónde….

—¡No! No —repitió ella en tono más calmado—. ¿Cómo lo quieres?

—Solo, con un terrón de azúcar.

Vanessa asintió y fue hacia la cocina completamente desconcertada. «Café. Quiere café». Se acercó al armario que había debajo del fregadero y lo abrió para sacar la caja de las cápsulas Nespresso y se dispuso a preparar dos tazas.

Aquella tarea tan familiar no consiguió aplacar sus nervios. Sacó las tazas mientras se preguntaba qué pretendía Chase. Sacó las cucharas. «¿Estará intentando sonsacarme más información para ir después a la prensa?». El azúcar del armario...

«Podrías intentar convencerlo para que te venda el manuscrito».

Estudió sus anchos hombros a través del arco de la puerta mientras colocaba la primera taza en la cafetera. Era posible. Tal vez no fuese tan guapa ni se le diese tan bien negociar como a Juliet, pero seguía siendo una Partridge. La capacidad de persuasión corría por sus venas.

Metió la cápsula y apretó el botón. Sí, pero ¿cuánta persuasión necesitaría para convencer a aquel hombre?

El breve recuerdo de su primer encuentro y de la extraña sensación... que había tenido con él estalló de repente. El olor de su colonia. Vanessa oyó el sonido de su propio corazón en la cabeza. El momento en el que Chase se había dado cuenta de lo cerca que estaban, el instante en el que había bajado la mirada a sus labios... y la había posado en ellos.

Tomó aire, lo retuvo y después espiró. Su relación con Dylan había sido una aventura secreta y sórdida, destinada a fortalecer su frágil ego. Y, antes de aquello, la habían conocido por sus padres. Pensó que, por una vez, estaría bien que un hombre la quisiera por ella misma.

¿Y Chase Harrington creía saber por qué quería el manuscrito? No tenía ni idea. No tenía ni idea del daño que le había hecho el rechazo de Dylan, a ella y a sus hijas. No tenía ni idea de que había escogido aquella nueva vida porque no había soportado ni un minuto más las silenciosas críticas de sus padres. No tenía ni idea de lo mucho que necesitaba tener algo que demostrase quién había sido el padre de Erin y Heather.

Mientras el aroma a café recién hecho llenaba la cocina, Vanessa se detuvo a pensar, a pensar de verdad, en su situación. Punto uno: seguía queriendo el manuscrito y todo lo que este representaba. Punto dos: Chase era un hombre de negocios, y los hombres de negocios siempre querían hacer dinero, ¿no? Si le hacía la oferta adecuada…

Sí, pero ¿con qué dinero?

Puso un terrón de azúcar en la taza de Chase y después en la suya. Cuando volvió al salón, Chase se había puesto cómodo.

Se había quitado el abrigo y lo había dejado en el respaldo del sofá. Se había sentado, con una pierna cruzada, el tobillo apoyado en la rodilla contraria, y parecía completamente relajado entre los juguetes de las niñas y sus posesiones. Lo primero que pensó Vanessa fue que estaba perfecto para hacerle un retrato. Después, que su búsqueda en Internet no había aliviado lo más mínimo su intensa curiosidad.

Chase Harrington era multimillonario, pero no se parecía en nada a Donald Trump: no se gastaba el dinero en coches caros ni en jets privados. Y, a excepción de la compra de un edificio de oficinas en el centro de la ciudad, tampoco tenía ninguna propiedad millonaria. A pesar de tener muchos contactos y ser rico, la rudimentaria búsqueda que Vanessa había hecho en Google solo le había dado treinta resultados. Al parecer, tampoco salía con modelos ni con famosas y era un hombre muy reservado.

Lo que significaba que podía tener un pasado interesante.

—Cuéntame, ¿qué hace exactamente un gestor de fondos de riesgo?

Él tomó la taza de café que Vanessa le ofrecía.

—Bueno, en términos generales, gestionan el capital privado de los inversores y les aconsejan acerca de las estrategias de inversión.

—¿Y qué ganas con eso?

—Un porcentaje, así que cuando el inversor gana dinero, yo también. Además, están las comisiones de inversión y gestión.

—¿Así que es como jugar a la Bolsa?

—Más o menos —respondió Chase, soplando

el café antes de probarlo–. Se trata de sacar el máximo dinero posible corriendo el menor riesgo posible. Se puede invertir en acciones, fondos, divisas, a la baja.

–¿Como lo que ocurrió en la crisis económica?

Él se puso tenso y arqueó las cejas.

–Sí, aunque eso… fue por culpa de un puñado de personas arrogantes e irresponsables que… –inspiró y después sonrió– en realidad no merecen ser mencionadas en una conversación educada. Ahora solo manejo mi dinero y el de un par de inversores.

Vanessa sacudió la cabeza.

–A mí se me dan bien las matemáticas, pero tú debes de ser un cerebrito, para hacer lo que haces.

Chase dio otro sorbo a su café antes de responder.

–Se llama capacidad eidética.

Ella abrió mucho los ojos.

–¿Tienes memoria fotográfica? Me estás tomando el pelo.

–No. En cuanto se corrió la voz por la universidad, siempre se requería mi presencia en las fiestas –le contó Chase en tono sarcástico, dando por hecho que no era algo de lo que estuviese orgulloso.

A Vanessa le extrañó. Era raro que un universitario no quisiera impresionar a todo el mundo y ser el alma de las fiestas. Interesante.

–Tus padres deben de estar muy contentos de que te haya ido tan bien –comentó.

Él respondió de manera evasiva, con un sonido indescifrable, y se encogió de hombros, sin confirmarlo ni negarlo. Vanessa se dijo que tenía que tener un pasado importante. Probablemente, sin final feliz, a juzgar por su respuesta.

Se hizo un incómodo silencio que ella aprovechó para dar un sorbo a su café, que estaba demasiado caliente, y se quemó la lengua.

–¿Cómo conociste a Dunbar? –le preguntó Chase por fin.

«Se terminó el descanso», pensó Vanessa.

–Pensé que habíamos acordado que no iba a responder a preguntas personales.

–No voy a ir a contárselo a la prensa.

–No fue esa la impresión que me dio en Nueva York.

Él apoyó la espalda en el sofá y volvió a fruncir el ceño, como si estuviese incómodo. ¿Se sentía incómodo por haber sido grosero? ¿O porque ella se lo había hecho ver?

Chase suspiró y, de repente, su expresión cambió.

–Vanessa –dijo, dejando la taza de café encima de la mesa mientras la miraba fijamente–. Quiero disculparme por cómo me comporté en Nueva York. Fui un maleducado y me equivoqué. Lo siento.

Clavó sus sinceros ojos azules en los de ella.

–Debí de parecerte un…

–¿Impertinente?

Él asintió, sorprendiéndola todavía más.

–Sí. Suelo ponerme frenético cuando me intentan engañar.

–Pero yo no lo hice.

–Lo sé. Es cierto que me precipité contigo y me equivoqué. Normalmente, suelo ser más listo.

Ella se quedó sin respuesta.

A decir verdad, también había sacado conclusiones equivocadas acerca de él, y ya no sabía ni qué pensar.

–¿Qué haría falta para que me vendieses el manuscrito?

Chase negó con la cabeza.

–Nada.

–¿Seguro? Todo tiene un precio.

Vanessa tuvo la sensación de que la expresión de Chase se había vuelto amarga, pero no podía estar segura.

–Esto, no. Y, de todos modos, me has dicho que no tienes dinero suficiente.

–No todo se compra con dinero –le respondió, y al ver la expresión de Chase, añadió–: Vaya, qué mal ha sonado eso. No me refería a… ¿Has pensado que…? Puaj.

Él se puso tenso y se levantó rápidamente del sofá.

–Tengo que marcharme.

Ella asintió, le ardía el rostro.

–Te acompañaré a la puerta.

Vanessa clavó la vista en su ancha espalda mientras lo seguía escaleras abajo. El corte de pelo de Chase era impecable. La piel de su cuello parecía suave, estaba bronceada. ¿Sería de salir a correr?

Estupendo. Ya se lo estaba imaginando con una camiseta empapada de sudor, moviendo sus musculosos brazos y piernas por Central Park.

Entonces él llegó al último peldaño y Vanessa, al mundo real.

¿Debía darle la mano? ¿Agradecerle la visita? No, eso no. «Di algo», se dijo a sí misma, al ver que Chase se giraba hacia ella.

Sus ojos estaban casi a la misma altura. Eso la desconcertó.

–¿Qué vas a hacer el sábado por la noche?

Vanessa frunció el ceño.

–¿Qué pasa el sábado por la noche?

–Hay algo en la Biblioteca del Congreso y estoy en la lista de invitados.

–¿Algo?

–Un acto. Para celebrar una exposición egipcia.

–¿La exposición de Las tumbas de los faraones perdidos? –preguntó ella, cruzándose de brazos.

–Eso es.

–¿No vas a confirmar tu asistencia un poco tarde?

–Hago donaciones, así que me dan carta blanca.

–Entiendo.

Después de un momento de silencio, Chase añadió:

–Te estoy pidiendo que seas mi acompañante, Vanessa.

Ella parpadeó. Aquello no lo había visto venir.

–Pero…

–Pero ¿qué?

–Bueno… –respondió Vanessa, sintiendo calor en la nuca–. Que he dicho «puaj».

Chase arqueó una ceja.

–He oído cosas mucho peores, créeme.

–Y, sinceramente, no pretendía decir eso.

–De acuerdo.

–Es verdad. Quiero decir, que eres un tipo atractivo. Muy atractivo y yo…

Se interrumpió al ver que Chase hacía una mueca.

«Cállate», se dijo a sí misma.

–Entonces –continuó él–. ¿El sábado? Considéralo parte de mis disculpas. Habrá comida, champán, cultura, conversaciones adultas.

Sonrió de manera encantadora.

–¿Te lo he vendido ya? –añadió.

–Yo…

Vanessa miró escaleras arriba. Su primera reacción fue decirle que no. Debía decirle que no. Su mundo no tenía nada que ver con el de

Chase. Ella había formado parte del mundo de él, aunque no a su nivel, y le había dado la espalda voluntariamente, pero, en el fondo, se había desatado en ella una lucha y no conseguía aplacarla.

–Tendría que buscar una niñera –le respondió por fin, terminando de bajar las escaleras y acercándose a la puerta.

–Por supuesto.

–¿Por qué me lo has pedido? –le preguntó.

–¿Por qué no? –replicó él con una sonrisa.

Vanessa tragó saliva.

–¿Y si te digo que no?

Él se metió las manos en los bolsillos del abrigo.

–¿Quieres decirme que no?

Ella pensó que a lo mejor el manuscrito no estaba del todo perdido. Y si tenía que aceptar una invitación a una fiesta para averiguarlo, lo haría.

–Está bien, nos veremos el sábado.

–Estupendo.

Chase agarró el pomo de la puerta y, de repente, Vanessa sintió que invadía su espacio personal. Retrocedió un paso para dejarle sitio y para poder respirar, pero su perfecto rostro, que en esos momentos estaba radiante de satisfacción, hizo que se le acelerase el pulso.

–Gracias por el café.

–De nada –respondió ella, tirando de un hilo de su manga para apartar la vista de él.

Maldijo a su profesora de arte, la señora Knopf, que la había enseñado a apreciar un rostro bello.

–Pasaré a recogerte a las siete y media.

–Ah –dijo ella–. Pensé que nos veríamos allí.

–Me pilla de camino.

«Lo dudo», estuvo a punto de decirle Vanessa, pero no lo hizo. Así se ahorraría la gasolina. Se encogió de hombros.

–De acuerdo –respondió, mirando por encima de su hombro–. ¿Está lloviendo?

Chase se giró.

–Sí –confirmó, subiéndose el cuello del abrigo y metiéndose las manos en los bolsillos antes de sonreír–. Que descanses, Vanessa.

Ella asintió y se cruzó de brazos porque tenía frío, aunque si tenía la piel de gallina era más bien por culpa de aquella sonrisa de despedida, tan dulce, casi íntima, que le hizo desear algo más.

Capítulo Cuatro

Durante los días siguientes, Vanessa estuvo ocupada con su trabajo y sus pequeños dramas familiares: mocos, manos pegajosas, pintura de dedos y Bob el Constructor.

Por las noches bañaba a Erin y a Heather, les daba la cena y poco después las acostaba, e intentaba no pensar demasiado en el sábado por la noche.

En realidad, Chase solo quería disculparse por su mal comportamiento con ella.

–¿Una cita? –le preguntó emocionada Stella, que era su jefa y amiga, cuando Vanessa se lo contó–. ¿Con quién? ¿No será con Juan?

¿Juan? ¿El repartidor?

–¡No! –contestó ella riéndose.

–Entonces, será con un papá. Alec Stein –dijo Stella mientras ponía en funcionamiento la impresora.

–¡Está felizmente casado y tiene tres hijos!

–¿Tony Brassel?

Vanessa negó con la cabeza.

–Podría ser mi padre. No. No lo conoces. Es de Nueva York.

–¿Es rico?

«No te imaginas cuánto».

—No le he pedido que me enseñe su cartilla del banco, Stell.

—Ah.

Stella se giró hacia la impresora y colocó las hojas en la bandeja. Tenía el pelo moreno y rizado y el rostro de color café con leche.

—Ponte algo bonito.

Algo bonito.

Unas horas después, tras haber acostado a las niñas, Vanessa abrió su armario y suspiró al ver que tenía muy poco donde elegir. Vaquero, vaquero, pantalón, chaqueta, camisa, camisa...

A regañadientes, buscó en el fondo con la mirada, donde tenía una docena de fundas de ropa cerradas.

Eran vestidos de otro mundo. Un mundo al que había decidido no volver jamás. Un mundo que ya no le atraía ni le importaba, ya que sus días estaban ocupados por sus hijas y por un trabajo de verdad, con personas de verdad. Personas que le confiaban a sus hijos.

Alargó la mano y tocó una de las perchas. Le había resultado extraño volver a representar el papel de chica rica en Nueva York. Había sido como ponerse un disfraz que no era de su talla y pasearse por la Quinta Avenida, donde millones de ojos la vigilaban.

¿De verdad quería volver a hacerlo?

Pero...

Apoyó el dedo en la cremallera y jugó con ella. Mentiría si dijese que no echaba de menos ponerse vestidos bonitos y tacones. Hacía tiempo que no había tenido ninguna excusa para arreglarse.

No había tenido nada parecido a una cita desde que las niñas habían nacido.

Apretó los labios. Desde mucho antes: a Dylan nunca le había gustado mostrarse en público.

Sacudió la cabeza con suavidad y apartó aquello de su mente. No era una cita, sino una oportunidad para convencer a Chase de que le vendiese el manuscrito. Una oportunidad para utilizar todo su encanto y sus habilidades sociales. Sus padres se habían gastado mucho dinero en su educación con el fin de que, como hija de Allen y Marissa Partridge, persuadiese a posibles clientes de que contratasen el bufete de sus padres, cautivase a sus colegas, a políticos, fiscales y jueces.

¿Qué más daba uno más?

Ignoró la sensación de incomodidad y bajó la cremallera con decisión para sacar el vestido de Valentino, que brilló bajo la luz. Era de color anaranjado y con cuello halter. Se giró, se lo apretó al pecho y estudió su reflejo en el espejo de la puerta del armario.

El naranja solía chocar con el color de su pelo, pero no era el caso de aquel tono en particular. Todo lo contrario, realzaba su melena y la palidez de su piel, que eran las mismas que las de su madre.

Se giró hacia un lado, hacia el otro. De acuerdo. Se pondría unos zapatos plateados y unos pendientes de aro. Y un bolso de fiesta con estrás.

Estudió el vestido con la mirada antes de subirla a sus propios ojos, y le sorprendió darse cuenta de que estaba sonriendo.

—Es probable que no me quepa —dijo en voz alta, frunciendo el ceño—. Bueno, voy a ver.

El sábado por la noche, el timbre sorprendió a Vanessa terminando con su ritual de maquillaje.

—Umm... llega temprano. Eso significa que está deseando verte, cielo —comentó Stella, tomando a Erin en brazos.

Vanessa asomó la cabeza por la puerta del cuarto de baño para fulminar a su amiga con la mirada.

—Solo son diez minutos, Stell.

—No obstante, me parece interesante —insistió su amiga, mirando a Heather, que estaba en la cama de su madre, intentando alcanzar las perlas que esta había dejado en el borde de la cama.

Stella agarró el collar rápidamente y lo dejó encima de la cómoda. Después dejó al alcance de la niña un sonajero de Winnie-the-Pooh.

La pequeña lo tomó y lo sacudió con fuerza. Vanessa sonrió.

–¿Puedes ir a abrirle la puerta? Yo me quedo con ella.

Mientras Stella iba a abrir la puerta con Erin, Vanessa tomó a Heather en brazos, que iba con un pijama rosa y olía a limpio.

Luego se miró por última vez al espejo, asintió y salió del cuarto de baño.

–El señor Chase Harrington la está esperando en el salón, lady Partridge –anunció Stella desde la puerta del dormitorio. Luego entró e hizo una mueca–. ¡Oh, Dios mío!

Vanessa contuvo una carcajada.

–Tranquilízate –le susurró antes de darle un codazo a su amiga y salir por la puerta.

Chase volvía a estar en el salón, tan imponente como la última vez, aunque en esa ocasión llevaba un traje negro y una corbata de seda azul debajo del caro abrigo.

–Vanessa.

Dijo su nombre de tal manera que ella sintió calor en las mejillas.

–Chase –respondió, colocándose a Heather en la cadera y respondiendo a la sonrisa de él con el mismo gesto.

Lo cierto era que estaba muy guapo. Era difícil creer que no hubiese tenido una acompañante para esa noche.

–¿Quién es esta preciosidad? –preguntó él mientras se acercaba.

Vanessa tuvo que hacer un esfuerzo para no retroceder.

–Es Heather. Cariño, te presento a Chase Harrington.

–Encantado de conocerla, señorita Partridge –dijo él sonriendo y tendiendo la mano.

Heather miró su mano y luego a él en silencio.

«Muy bien, cariño, no lo pierdas de vista».

La pequeña sonrió por fin y le tendió el sonajero.

–Muchas gracias –añadió él aceptándolo con una sonrisa.

Vanessa contuvo la respiración. Chase había sonreído de verdad, se había inclinado para ponerse a la altura de su hija... No era que estuviese acostumbrado a estar con niños, a aquel hombre le gustaban los niños.

–Estás preciosa.

Sorprendida, Vanessa lo miró a los ojos y se dio cuenta de que le estaba hablando.

–¿No te parece que tu mamá está preciosa, Heather? –continuó.

–Sí –respondió la niña, tendiendo la mano para que Chase le devolviese el sonajero.

Él se lo dio riéndose.

–¿Nos vamos?

–Por supuesto.

Vanessa miró hacia el pasillo, desde donde Stella había presenciado la escena con una sonrisa.

–Erin ya está en la cama –dijo esta cuando Vanessa le dio a Heather.

–Espera un momento –le dijo Vanessa a Chase, dirigiéndose a la habitación de las niñas.

–Ummm, qué hombre tan encantador –susurró Stella con los ojos brillantes mientras dejaba a Heather en su cuna–. ¿Has visto cómo ha tratado a Heather?

Vanessa asintió y se inclinó para darle un beso a Erin.

–Déjales la luz de la lamparita encendida. Y Heather sigue poniéndose nerviosa si pierde el chupete.

–Ya lo sé, no te preocupes. Diviértete.

–No es una cita, Stell.

Cuando se incorporó, su amiga la estaba mirando, tenía los brazos en jarras.

–Los dos os habéis puesto guapos. Ha pasado a recogerte y vais a cenar y a tomar una copa, ¿no? Cariño, claro que es una cita.

–No es…

–Es una cita.

–No vamos…

–Es una cita.

Vanessa se rindió.

–Está bien. Es una cita –admitió, tapando a Erin y saliendo de la habitación a regañadientes.

Stella arqueó las cejas.

–Están bien con la tía Stella en el trabajo, así que también estarán bien esta noche. Márchate.

Vanessa respiró hondo y fue a por su abrigo, que estaba colgado en el perchero, al lado de la puerta principal.

—¿Vamos? —le preguntó a Chase en tono demasiado alegre.

Él asintió y le ofreció el brazo. Ella apoyó la mano y después tuvo que contener las ganas de apartarla.

La sensación fue deliciosa y prohibida. Y Vanessa no supo si iba a soportarla.

No obstante, Chase no pareció inmutarse.

Estaban bajando las escaleras cuando Stella gritó:

—¡Pasadlo bien, chicos!

Al llegar a la calle, Chase le abrió la puerta del pasajero del reluciente Audi.

Llevaba varios minutos conduciendo cuando, por fin, rompió el silencio.

—¿Estás nerviosa?

—No —respondió ella con demasiada rapidez.

Él se giró a mirarla y Vanessa tuvo que añadir:

—Es la segunda noche que salgo desde que nacieron las niñas.

—¿De verdad?

—Bueno, estuve en Nueva York. Y no cuento la fiesta de Navidad del año pasado porque estaba en casa a las siete.

—Así que no sales desde hace…

—Dieciocho meses.

Él volvió a mirarla.

—¿Qué? —preguntó Vanessa.

—Que me cuesta creerlo.

—Es lo normal. Tengo dos bebés y eso suele espantar a los hombres.

—Muchos hombres son idiotas.

Ella asintió.

—Eso es verdad.

Hicieron el resto del viaje en silencio.

Al pasar por la avenida Pensilvania, el suave cosquilleo que Vanessa sentía en el estómago había aumentado.

En realidad, no tenía por qué encontrarse con nadie conocido. Y, aunque así fuese, no tenía nada que temer. No obstante, sabía que su repentina desaparición de aquel mundo debía de haber despertado cierta curiosidad.

Se preguntó qué le habrían dicho sus padres a la gente.

Miró a Chase, que iba concentrado en la carretera.

Luego se preguntó qué era lo peor que podía ocurrirle. Pondría su cara de póquer y sería Vanessa la mujer de mundo. De todas maneras, había hecho aquello desde los once años, así que no le resultaba difícil.

Era pan comido.

Además, tendría la ocasión de cautivar también a Chase Harrington, aunque todavía no sabía cómo iba a conseguir hacer que cambiase de opinión. En cualquier caso, todavía no había desistido en su empeño por hacerse con el manuscrito.

Giró el cuello suavemente antes de poner los hombros rectos mientras Chase entraba en el garaje.

El juego había empezado.

Mientras subían las escaleras del edificio Jefferson, cuya iluminación era impresionante, Chase pensó que Vanessa era la viva imagen de la belleza y el porte aristocrático. Se había recogido el pelo de manera elegante y el escote del vestido realzaba sus hombros desnudos. Su piel suave y clara brillaba y resaltaba entre tantos cuerpos bronceados. Solo iba adornada con unos pendientes de aro y no había palabras para describir el llamativo vestido de color naranja.

Casi habían llegado al segundo piso cuando Vanessa lo miró a los ojos y le sonrió.

Y a él se le aceleró el pulso.

Entonces, ocurrió algo. Mientras subían el último tramo de escaleras, Vanessa cambió por completo.

Fue como si hubiese caído un telón: había pasado de sonreírle a ponerse tensa y colocarse tras una fachada de indiferencia que, por desgracia, a Chase le resultaba muy familiar.

Volvía a ser perfecta, superior, y Chase se puso rígido al notarlo.

Durante el trayecto, había tenido un momento de debilidad en el que había estado a punto de confesarle a Vanessa que la había invitado a asistir a aquel acto consciente de que ella iba a encontrarse con varias personas de su vida anterior, pero se había contenido.

Vanessa había accedido a acompañarlo, ¿no? Y era una mujer lista. Así que se le podía haber ocurrido a ella.

Lo cierto era que Chase quería ver hasta dónde tenía que llegar para conseguir afectarla, sacarla de su zona de seguridad. Quería ver su reacción.

Fueron en silencio hacia el control de seguridad y ella mantuvo la cabeza alta y el rostro inexpresivo, disipando todas las dudas de Chase. Si podía cambiar de actitud con tanta facilidad, ¿qué más estaría ocultando?

Con aquello en mente, Chase apartó la vista de su elegante perfil para admirar el Gran Salón, que también era impresionante.

Llegaron al guardarropa y una rubia altiva tomó sus abrigos sonriendo con falsedad, pero Vanessa no se inmutó. Recogió su ticket con una sonrisa fría, la espalda recta y la barbilla tan alta que parecía estar mirando al mundo entero por encima del hombro.

A Chase le resultó inquietante verla actuar así después de haber visto ya a la otra Vanessa. ¿O lo que había visto en su casa era falso y aquella era la Vanessa de verdad?

Fuera cual fuese la respuesta, la encontraría esa noche. Estaba seguro de que ella intentaría convencerlo de que le vendiese el manuscrito, utilizaría todo su encanto e incluso coquetearía con él, que haría lo mismo.

Así, conseguiría satisfacer su curiosidad y demostrar que uno nunca podía fiarse de un Perfecto.

Luego, se marcharía.

Así de sencillo.

Capítulo Cinco

La velada tenía lugar en la segunda planta, en la galería noroeste, donde estaba la exposición de Las tumbas de los faraones perdidos. Vanessa pensó que era un escenario perfecto para un montón de donantes ricos, bien vestidos y cubiertos de joyas.

Al entrar al salón, Chase la presentó y charlaron de cosas sin importancia. Vanessa pronto se dio cuenta de que podía volver a ser la de antes, sonreía cuando era necesario y participaba en las conversaciones, se hablase de la última colección de Givenchy o de actualidad política.

Pasó media hora, treinta minutos durante los cuales Chase estuvo hablando con otras personas y después se lo llevaron para presentarle a alguien. Vanessa lo dejó marchar y se pasó otros veinte minutos mezclándose con la gente y evitando preguntas directas de las pocas personas a las que conocía.

Y cada vez que miró a su alrededor, vio a Chase observándola. No, observándola no, más bien estudiándola con una mezcla de perplejidad y curiosidad.

En esos momentos estaba en el centro de la sala, rodeado de hombres, y ella se presentó de nuevo a Diane Gooding, comisaria de la biblioteca, a la que había conocido en un viaje a Winchester.

–Lleva un collar muy interesante –le dijo Vanessa sonriendo mientras miraba el aro de oro, lleno de símbolos egipcios–. ¿Se lo han hecho por encargo?

La otra mujer, rubia y de cincuenta y tantos años, se echó a reír.

–El original forma parte de la colección de Iput, esposa de Userkare, el segundo faraón de la VI dinastía –respondió, inclinando la cabeza hacia una vitrina que había a su derecha–. Tiene casi cuatro mil quinientos años.

Miró a Chase y después, a ella.

–Has venido con Chase Harrington, ¿verdad?

–Sí.

Diane se golpeó la barbilla y se quedó pensativa.

–Estaba empezando a pensar que era el alias de otro donante, porque nunca había venido a ningún acto.

–¿No? –preguntó Vanessa, sintiendo curiosidad.

Diane le hizo un gesto a un camarero y tomó dos copas de champán de una bandeja. Le ofreció una a Vanessa.

–Normalmente, se limita a enviar un cheque, se disculpa por no poder asistir y ya está. Hasta hoy.

Ambas se giraron a mirarlo. Chase seguía entretenido conversando.

Irradiaba poder y control, y eso unido a su atractivo hacía que muchas mujeres se fijasen en él.

Vanessa se había dado cuenta y, muy a su pesar, se sentía molesta.

—Es un hombre muy guapo —comentó Diane suspirando—. Y tiene mucho dinero, pero es muy reservado. Se rumorean de él cosas terribles.

—¿Como cuáles? —preguntó Vanessa, dando un sorbo a su copa de champán.

—Ah, que estuvo casado con la hija de un jeque. Que es el hijo natural de una actriz famosa, un político o un magnate del petróleo. Y, la mejor, que en su familia hay un asesino en serie —le contó.

A Vanessa se le atragantó el champán.

—Solo son rumores, un disparate —añadió Diane.

Vanessa se mordisqueó el labio inferior y volvió a mirar a Chase, que asentía muy serio al hombre con el que estaba hablando.

—Sea cual sea su historia, jamás lo verás vendiendo su historia en televisión ni comprando un casino —continuó Diane.

—No. Prefiere mantener sus éxitos en secreto.

Diane asintió.

—Es un hombre que hace las cosas sin esperar una aprobación pública. Tenemos muchos donantes como él. He oído que contribuye especialmente con causas relacionadas con la infancia.

Vanessa asintió a pesar de no tener ni idea, aunque no le extrañaba. En las pocas horas que había estado con él, Chase había intentado darle un truco para dormir a sus hijas y, además, había cautivado a Heather.

¿Cómo era posible que no estuviese casado y tuviese sus propios hijos?

Se despidió de Diane y fue hacia Chase.

—Se trata de tener ideas, darlas a conocer y ser capaz de demostrarlas en cualquier momento —les estaba diciendo a los hombres que lo rodeaban.

Sus esposas, por el contrario, parecían más interesadas en los anchos hombros de Chase que en sus palabras.

—Así es como uno consigue que lo contraten y avanzar profesionalmente —añadió él.

—Discúlpenme, señoras —dijo Vanessa sonriendo de manera tensa y acercándose a Chase para darle una copa.

Él sonrió y le hizo un hueco a su lado. Vanessa recibió varias miradas reprobatorias.

Pero ya estaba acostumbrada.

—Mi hijo ha enviado el currículum a todos los fondos de riesgo que contrataron en Harvard su primer año, pero solo ha conseguido dos entrevistas —le contaba un hombre al resto del grupo—. Es un campo muy duro.

Todo el mundo asintió.

—Yo tenía muy poca experiencia cuando entré en Rushford Investments —comentó entonces Chase.

—Entonces, ¿qué consejo me darías tú, Chase?

Él dio un sorbo a su copa antes de responder.

—A los fondos de riesgo les encantan los atletas, pero también quieren ver un conjunto. La formación no es suficiente. También hay que tener pasión. Si demuestra que es capaz de investigar, ganará puntos, pero recuerda que tendrá que trabajar a las órdenes de un gestor de cartera. Y que la decisión de invertir será de este.

—Pero ganará dinero cuando sus inversores lo hagan, ¿no?

—Eso es.

Unos segundos después, el grupo se dispersó y Vanessa vio cómo Chase sacudía la cabeza.

—¿Qué?

—Nada.

—¿No crees que su hijo pueda conseguirlo?

—Tal vez, o tal vez no. Es solo… —se interrumpió para volver a beber de su copa—. Que a veces no es solo una cuestión de dinero.

—¿No es de eso de lo que se trata? ¿De ganar dinero para los inversores?

Chase la miró con expresión indescifrable antes de encogerse de hombros.

—Sí, tienes razón.

—No —le dijo ella, interponiéndose en su camino al ver que intentaba marcharse—. No lo voy a dejar pasar. Cuéntame en qué estabas pensando.

Él hizo una mueca y después sonrió.

—Vanessa Partridge, ¿me estás haciendo una pregunta personal?

Ella se puso tensa.

—¿Te parece personal?

Chase volvió a encogerse de hombros.

—Algunas personas se meten en esta carrera para ganar dinero y se olvidan de la ética.

—Pero tú, no.

—Yo tengo muy claras mis obligaciones legales y morales.

—Un gran poder conlleva una gran responsabilidad.

—Eso lo dijo Roosevelt.

—También sale en *Spiderman 2*.

Él se rio antes de añadir.

—Y creo que en *Harry Potter*.

Vanessa no pudo evitar sonreír.

—Entonces… ¿Te estás divirtiendo? —le preguntó él.

La sonrisa de Vanessa menguó.

—¿Tú qué piensas?

—Pienso… que te estás esforzando mucho en fingir que no te duele la espalda ni el cuello. Que estás cansada de que la gente te haga una y otra vez las mismas preguntas. Y que preferirías estar en casa con tus hijas.

Ella guardó silencio y Chase inclinó la cabeza.

–¿He acertado?

Vanessa lo miró fijamente durante unos segundos antes de asentir.

–Entonces, ¿por qué has accedido a acompañarme? –le preguntó él.

–Porque me apetecía ponerme un vestido bonito y unos tacones.

Chase negó con la cabeza.

–No.

Luego apoyó la mano en la pared que había justo detrás de su cabeza y Vanessa abrió mucho los ojos.

Cuando se inclinó hacia delante, ella intentó contener un suspiro y creyó ver satisfacción en sus ojos azules. Lo cierto era que a Chase le gustaba verla así.

Él acercó los labios a su oreja y ella tuvo que obligar a su cuerpo a no reaccionar.

–Si lo que quieres es intentar convencerme de que te venda el manuscrito de Dunbar, vas a necesitar más de una cita.

Ella lo fulminó con la mirada y a él le brillaron los bonitos ojos azules, parecía divertido.

–¿Qué tal dos citas? –le respondió.

Su risa hizo que a Vanessa se le pasase el enfado y que, en su lugar, sintiese atracción. Se mordió el labio inferior para no gemir. Estaba nerviosa.

¿Nerviosa? Hacía años que había aprendido a no ponerse nerviosa, pero allí estaba Chase, haciéndola sudar, y preocuparse… «Respira».

Tal vez, si se quedaba muy quieta no… Oh, no. Notó cómo le acariciaba la oreja con los labios y oyó que le decía al oído:

—Eres muy especial, Vanessa Partridge. Una Perfecta. Pero, sin duda, no eres de las que están abiertas a una proposición indecente, ¿verdad?

—Eso… —respondió ella, cerrando los ojos para recuperar la compostura mientras se le aceleraba el corazón—. Eso no lo sabes.

—Umm —dijo él, retrocediendo para observarla—. ¿Qué es lo que me ofreces?

Ella arqueó las cejas.

—¿Qué quieres?

La sonrisa tensa de Chase no le calmó los nervios.

—Quiero muchas cosas, Vanessa, pero sospecho que tú estás fuera de mi alcance.

Ella se rio con incredulidad.

—Es una broma, ¿no? Eres Chase Harrington, eres multimillonario, mientras que yo soy solo…

—El dinero y la posición son irrelevantes. Solo importa dónde has nacido y con qué has crecido. Dime, Vanessa Partridge —continuó, volviendo a acercarse—. ¿Te estás ofreciendo a calentarme la cama a cambio de ese manuscrito? ¿O te he malinterpretado?

Ella notó cómo crecía el deseo y le calentaba todo el cuerpo. La respiración acelerada de Chase le decía que él también lo sentía, pero su mirada fría, casi despectiva, clamaba lo contrario.

Vanessa se preguntó dónde se estaba metiendo.

–Porque –añadió él en voz baja, volviendo a acercar los labios a su oreja–, eso sería muy tentador.

Cambió de postura y ella notó su calor a pesar de la distancia.

–¡Nessie!

Chase se apartó y el aire frío ocupó el vacío. Vanessa tomó aire y su cuerpo lloró la pérdida.

Ambos se giraron y vieron acercarse a un tipo alto, delgado y moreno, vestido de manera impecable, que sonreía de oreja a oreja, dejando ver sus perfectos dientes blancos. Miraba a Vanessa con tal intensidad que Chase sintió el impulso de agarrarla por la cintura para dejarle claro que era suya.

Lo que era completamente ridículo.

–¡Hacía siglos que no te veía, Nessie! ¿Qué tal estás?

–Estupendamente –respondió ella, girando la cabeza para recibir un beso.

Al hacerlo, miró a Chase, cuya mirada era gélida.

—James Bloomberg, este es Chase Harrington —los presentó.

Mientras se daban la mano, James frunció el ceño.

—Harrington… ¿Nos conocíamos ya?

—No —respondió Chase.

James se tocó la barbilla.

—Me suena tu cara… ¿Eres un cliente?

Chase negó con la cabeza.

—¿De Partridge y Harris? ¿El bufete de Washington? —insistió el otro hombre.

—No.

—Bueno… —dijo James, sonriendo a Vanessa— pronto será Partridge, Harris y Bloomberg. Apuesto a que ahora te arrepientes, ¿eh, Ness?

—Sí, efectivamente.

Chase vio cómo Vanessa sonreía con falsedad y se esforzó por no sonreír él también.

—Ness y yo tuvimos algo hace años —le explicó James, bajando la voz—. Era todo secreto. Su padre nunca se enteró.

Luego miró a un camarero que pasaba cerca de allí y le gritó:

—¡Eh! Tráeme un whisky con hielo.

—Entiendo —comentó Chase, seguro de que Allen Partridge había estado al corriente de lo que ocurría entre su hija y aquel payaso.

—Ha pasado mucho tiempo, Ness. Dos años, ¿no?

—Más o menos.

–Tu padre me contó que eras profesora. ¿En la universidad?

–De niños.

–Aj –dijo él, estremeciéndose teatralmente–. ¿Y te pagan por eso?

Chase vio que Vanessa se ponía tensa y su mirada se endurecía.

–Sí, suele funcionar así. ¿Y qué tal te va a ti, James?

Este se pasó la mano por el pelo y sonrió de medio lado.

Chase sintió ganas de poner los ojos en blanco. Qué gesto tan ensayado.

–Trabajando mucho. Ya sabes. Casi no duermo –dijo, aceptando una copa de una camarera sin mirarla ni darle las gracias–, pero no me puedo quejar.

–Pues acabas de hacerlo.

James se echó a reír.

–Veo que no has perdido la mordacidad, Nessie, cariño.

Ella sonrió.

–Y yo me alegro de ver que, después de tanto besar traseros, por fin has conseguido llegar a alguna parte, James.

Este volvió a reírse, pero en esa ocasión también le dio un trago a su whisky.

–¡Cómo echaba de menos ese sentido del humor! Siempre fuiste divertida –le dijo–. ¿Te gustaría que saliésemos algún día?

Chase frunció el ceño y tuvo que hacer un

esfuerzo para no intervenir. Se preguntó qué le estaba pasando.

Con los dientes apretados, se giró hacia Vanessa y arqueó una ceja.

Ella le lanzó una mirada y después volvió a dirigirse a James.

—Gracias, James, pero…

—Eh —le dijo este, dedicándole una sonrisa y llevándose la mano al pecho—. No me rompas el corazón. Como sabes, no tengo mucho tiempo libre, y tenemos que ponernos al día.

Chase sabía perfectamente a qué se refería aquel cretino con aquello de ponerse al día. Y, para su sorpresa, se dio cuenta de que estaba empezando a estar furioso. Sobre todo, cuando vio que James ponía la mano en el brazo desnudo de Vanessa y se lo acariciaba.

Ella fulminó a James con la mirada y se apartó.

Bien.

—Sinceramente, James, tengo mucho trabajo y…

—Ahhh —exclamó James, mirando a Chase y después a Vanessa—. ¿No estaré invadiendo territorio ajeno?

Chase oyó suspirar a Vanessa.

—No, pero entre el trabajo y mis hijas, no tengo tiempo libre. Lo siento.

—¿Tienes hijos? —inquirió James alarmado, retrocediendo un paso.

Y eso hizo que Chase desease todavía más darle un puñetazo.

–Tengo… que irme –añadió el otro hombre.

Vanessa asintió.

–Por supuesto. Me alegro de haberte visto, James.

Este miró a Chase y, después, a ella de nuevo.

–Sí. Igualmente.

–Encantado de conocerte, Jim… Jimmy… Jimbo –le dijo Chase, dándole un golpe nada amable en el hombro y alegrándose de verlo fruncir el ceño.

Chase se giró por fin hacia Vanessa y le preguntó:

–¿Por qué no has accedido a salir con él?

–¿Estás de broma? –respondió ella, sonriendo a varias personas que pasaron cerca–. James Bloomberg es un cretino y yo no salgo con cretinos.

–Lo hacías en el pasado.

–Sí, bueno, era joven. He aprendido de mis errores. Vamos a ver la exposición.

A pesar de que estaba sonriendo, Chase se dio cuenta de que parecía tensa.

–¿Por qué haces eso? –le preguntó por fin, mientras se acercaban a una habitación iluminada con luz suave en la que había un enorme jarrón lleno de jeroglíficos.

–¿El qué?

–Tienes esa expresión desde que hemos llegado. La misma que en Waverly's. Es como… –se interrumpió para buscar la palabra adecuada– una máscara.

Ella parpadeó.

–Una máscara.

–Un aura, entonces –se corrigió Chase–. Sea lo que sea, te cambia. Te hace parecer fría y distante. Intocable.

Ella estuvo en silencio durante unos doce segundos antes de volver a hablar.

–Mi hermana dice que siempre pongo cara de póquer –dijo por fin, esbozando una sonrisa–. Tú también lo harías si hubieses estado toda la vida en el mundo al que pertenecen mis padres.

–Actos benéficos, cenas políticas, muchas oportunidades de trabajo.

–Exacto.

–Es la desventaja de ser popular, ¿no?

Chase había pretendido decir aquello con naturalidad, pero le salió demasiado duro y eso hizo que Vanessa frunciese el ceño.

–Le dijo la sartén al cazo –replicó ella.

Chase se echó a reír.

–No siempre ha sido así.

–Por supuesto que no.

–De verdad. No es mi realidad.

–¿Y cuál es tu realidad?

–Una ciudad pequeña y asquerosa, llena de gente asquerosa y de niños todavía más asquerosos.

Eso hizo que Vanessa guardase silencio.

–Tu hermana sí aceptó vivir esa vida –añadió Chase.

Ella sonrió de manera burlona.

—Ah, sí. Juliet Partridge, la elegante abogada matrimonialista de las estrellas de Hollywood. El éxito de la familia Partridge. No sabes lo orgulloso que se puso mi padre el día que aprobó la oposición.

—¿Tú no querías ser abogada?

—Era el sueño de mi padre, no el mío. Me di cuenta nada más entrar en Harvard. Así que cambié de carrera y él se pasó un año sin hablarme.

—Así que te hiciste profesora. ¿Y tu padre te perdonó al final?

Vanessa le dio un sorbo a su copa y miró hacia la multitud.

—Bueno, cuando terminé me regaló un BMW y me consiguió un trabajo en un colegio privado.

—Pero no…

Chase se interrumpió al ver que Vanessa tomaba aire bruscamente y siguió la dirección de su mirada, que estaba clavada en un grupo de hombres que se hallaban bebiendo y riendo cerca del sarcófago.

—¿Ocurre algo?

Ella lo miró solo un instante.

—Mi padre está allí.

—¿Quién es? —le preguntó Chase.

—Está en el centro. Es alto, con el pelo cano y lleva una corbata roja.

En ese momento un hombre le dijo algo al

oído al padre de Vanessa y este miró hacia donde estaban ellos.

Vanessa gimió.

—Ya está —dijo, dándose la vuelta y tomando un buen trago de su copa de champán—. ¿Sabías que iba a estar aquí?

«Dile que no. Venga», pensó Chase, pero dudó más de la cuenta y Vanessa frunció el ceño.

—Eres un hijo de…

—Vanessa.

Le habría sido imposible ignorar una voz tan profunda y autoritaria aunque no hubiese sido la de su padre.

Chase la estudió con la mirada mientras ella volvía a beber y, al girarse, lo fulminó con la mirada. Luego, en un instante, volvió a ponerse aquella máscara de indiferencia del principio de la noche.

Para su padre.

—Papá —lo saludó sonriendo de manera tensa, dándole un educado beso en la mejilla—. No sabía que estabas aquí.

—Por supuesto que no —respondió él, mirando a Chase y ofreciéndole la mano—. Allen Partridge.

—Chase Harrington.

Se dieron la mano con firmeza.

—Harrington —repitió el padre de Vanessa, soltándolo por fin—. ¿Es familia de los Harrington de Boston?

—No.

Allen Partridge arqueó las cejas.

—¿Y de qué conoce a mi hija?

—¡Papá! —intervino Vanessa—. Eso no es asunto tuyo.

Chase sonrió.

—¿No querrá preguntarme en realidad que qué hago con ella?

—¡Chase! —exclamó Vanessa, ruborizándose.

—Sí —admitió su padre, cruzándose de brazos.

—Le he pedido que salga conmigo esta noche… y me ha dicho que sí.

—¿Sabe que tiene dos hijas?

—¡Ya es suficiente! —espetó ella, fulminando a su padre con la mirada—. ¡No tienes derecho a meterte así en mi vida!

Allen Partridge ni se inmutó.

—Eres tú, la que ha vuelto a mi superficial e insensible mundo, Vanessa. Y lo mejor al empezar una relación es tener toda la información.

—Ya te he dicho que eso no es asunto tuyo.

—En cualquier caso, sé que tiene dos hijas —dijo Chase.

Vanessa lo miró y él la agarró por la cintura.

—Hay pocas cosas que no sepa de Vanessa.

Ella abrió mucho los ojos y también la boca. Chase se dio cuenta de que cada vez estaba más tensa, pero no la soltó.

Partridge los miró fijamente.

–¿También hace donaciones a la biblioteca? –le preguntó Chase.

–Sí. ¿Y usted?

–Sí.

–Pero no es abogado, ¿verdad? –preguntó Partridge, sonriendo, pero solo moviendo los labios.

–Soy analista financiero.

–¿De qué empresa?

–Soy autónomo.

–Ah.

Aquella última respuesta lo decía todo y no decía nada. Por un instante, Chase se preguntó si debía provocar al otro hombre. Se sintió incómodo por segunda vez aquella noche.

–Chase gestiona un fondo de riesgo.

–Ah –repitió Partridge, pero el significado de la expresión cambió por completo–. ¿Y cómo ha llevado la crisis financiera de los últimos años?

–No soy de los que apostaron por la crisis ni de los que han echado a la gente de sus casas, si es eso lo que quiere saber.

–Me alegro –respondió Partridge, aunque la expresión de su rostro decía otra cosa bien distinta–. ¿Y de dónde dice que es?

–De Nueva York.

–Entiendo.

Chase supo que el padre de Vanessa lo investigaría esa misma noche. Aunque no encontraría nada de él.

—Juliet está en casa —le dijo Partridge a Vanessa, que estaba muy callada—. Acaba de conseguir un acuerdo entre un productor cinematográfico y su segunda esposa.

—¿En vez de convencerlos para que se reconcilien? Qué extraño. Debes de estar muy contento.

Su padre frunció el ceño, miró a Chase y después otra vez a su hija.

—No me gusta tu tono de voz, Vanessa.

—¿Qué tono de voz?

—Ya me entiendes —le dijo su padre con el ceño fruncido—. William ha preguntado por ti.

—¿Sí?

—Sí. Todavía tiene algunas cosas tuyas. Deberías llamarlo.

Vanessa asintió.

—Tal vez lo haga. ¿Por qué me miras así?

—¿Cómo? —le preguntó Partridge.

—Venga ya, papá. Estás hablando conmigo.

Él volvió a mirar a Chase.

—Me preguntaba si Chase es el padre.

A Vanessa se le atragantó el champán que acababa de beber.

—¿Estás de broma? —le espetó por fin.

Allen se encogió de hombros.

—Pensé...

—Mira, papá, ahí es donde te equivocas siempre —le dijo ella—. No tienes que pensar nada porque es mi vida y porque, si yo decido arruinarla, es mi problema. ¿Chase? Vamos.

–Por supuesto –respondió este, sonriendo a Partridge de manera educada–. Si nos disculpa.

Y sin más, se llevó a Vanessa. Atravesaron el salón y se detuvieron delante de una enorme vitrina llena de valiosos objetos.

Vanessa respiró hondo varias veces. Se había apoyado en la base de la vitrina y tenía la mirada clavada en ella. Estaba tensa y fruncía el ceño. Parecía furiosa.

–¿Quién es William? –le preguntó Chase.

–El director del colegio privado en el que mi padre quería que trabajase –murmuró ella. Luego lo miró–. ¿Qué? ¿Has conseguido lo que querías, poniéndome en una situación así?

Chase se metió las manos en los bolsillos del pantalón y sacudió la cabeza. A excepción de los últimos quince minutos, Vanessa había estado perfecta toda la noche. Era evidente que había hecho aquello muchas veces, cosa que no le sorprendía, siendo quienes eran sus padres.

No obstante, después de verla con aquella gente, con el tal James y con su padre, Chase supo que Vanessa Partridge había salido de aquel mundo por un motivo. ¿Por qué odiaba tanto aquella vida? ¿Por qué le había dado la espalda? Era evidente que tenía algunas desavenencias con su padre, pero uno no rechazaba el dinero de su familia por una simple discusión.

Se preguntó qué le habría pasado a Vanessa.

–Necesitaba ver... –empezó.

–¿El qué? –preguntó ella con el ceño fruncido–. ¿Ver el qué? ¿Cómo reaccionaba ante una
vida que he dejado atrás? ¿Cómo sufría con las
preguntas de la gente? ¿Qué hacía al volver a
ver a mi padre? ¿Por qué te has portado así conmigo?

Él se estaba haciendo la misma pregunta.

–Yo...

–Era una prueba, ¿verdad? Querías ver cómo
lo hacía.

–Vanessa...

–No, contesta.

–Eras... perfecta.

–De acuerdo. Ahora ya puedes llevarme a
casa.

Vanessa se dio la media vuelta y fue hacia la
puerta del salón. Chase se movió deprisa para
alcanzarla y la agarró del brazo.

Ella respiró hondo al notar su mano.

–Tú también tenías segundas intenciones
esta noche –le dijo él.

Vanessa lo miró fijamente.

–Déjame... –le pidió–. Déjame marchar.

Chase la soltó.

–En realidad, esto no era una cita de verdad
para ninguno de los dos –añadió.

–Lo sé.

–Ambos tenemos demasiadas preguntas. Tú
quieres algo que yo tengo y yo tengo... bueno,
digamos, que no tengo las suficientes respuestas.

Vanessa frunció el ceño.

—Podrías haberme…

—¿Preguntado? ¿Después de que me dijeras que me metiese en mis propios asuntos?

—Pero traerme aquí para que viese a mi padre no es la manera de hacer las cosas.

—En realidad, no sabía que estaría aquí.

—Ya —respondió Vanessa, fulminándolo con la mirada—. Y, por cierto, no se te ocurra enfadar a Allen Partridge.

—Que él tampoco me enfade a mí —replicó Chase, cruzándose de brazos.

—Tiene mucho poder e influencia en la Costa Este.

—Y yo.

—Ah, pues yo he oído esta noche que hacerte el importante no es lo tuyo.

—¿Qué has oído exactamente? —preguntó Chase con cautela.

—Sé que no te gusta alardear del dinero que tienes y que no abusas de tu influencia. Sé que haces muchas donaciones, sobre todo, para causas infantiles. Y también sé que tu niñez te incomoda.

Él frunció el ceño.

—Estudié Psicología Infantil. Para conocer al hombre, antes hay que conocer al niño —añadió ella.

—¿Eso es de Freud? —preguntó él, exasperado.

—No. Lo leí en una entrevista a Hugh Laurie y se me quedó. No significa que no sea cierto.

Chase sacudió la cabeza.

–Eres…

Suspiró antes de continuar y su aliento calentó la piel de Vanessa.

–… una mujer fascinante, Vanessa Partridge.

–No es cierto.

–Sí que lo es.

Poco a poco, Vanessa se fue calmando y entonces se dio cuenta de lo cerca que estaban sus cuerpos, del calor que desprendía el de Chase. Y, lo que era todavía peor, notó cómo su máscara caía.

–Deberíamos… irnos.

Para su sorpresa, él asintió.

–Sí.

Cuando por fin, después de lo que a Vanessa le pareció una eternidad, Chase dejó de mirarla, ella suspiró aliviada, aunque el alivio le duró poco, ya que Chase la agarró por el hombro para recorrer a su lado el largo pasillo.

«Deja de tocarme», pensó ella, cerrando los ojos un instante. «Bueno, no. Sigue haciéndolo», se corrigió. Porque hacía siglos que un hombre no le prestaba tanta atención. Chase era un tipo muy guapo.

Aquella noche había allí muchas mujeres bellas y él había tenido la oportunidad de coquetear con ellas y no lo había hecho. Mientras tanto, había sido atento y cariñoso con ella, cosa que a Vanessa le había gustado mucho.

Y luego estaba su sonrisa. Una sonrisa que a ella le producía un placentero cosquilleo en el estómago.

Además, sabía por su manera de mirarla que le interesaba, aunque al mismo tiempo no confiase en ella.

Se preguntó si sería el típico hombre que se acostaba con cualquiera. Eso no le parecía bien.

Por si acaso, lo mejor que podía hacer era apartarse de él lo antes posible.

Capítulo Seis

Llegaron al guardarropa cerrado con Chase agarrándola del brazo y Vanessa suspiró.

—Está cerrado.

Chase intentó abrir la puerta de todos modos, y lo consiguió.

—Ya no. Vamos.

—Pero y…

—¿La Reina de Hielo que guarda los abrigos? —dijo Chase, abriendo la puerta de par en par—. No va a volver ahora. Aunque, por si acaso, deberíamos darnos prisa.

—Pero…

—¿Siempre cumples con las normas, Vanessa?

—No.

—Pues vamos.

Vanessa no necesitó que insistiese más. Atravesó la puerta que Chase cerró tras ella.

Por un momento, la más absoluta oscuridad los envolvió, hasta que la luz del iPhone de Chase iluminó sus rostros.

—¿Tienes el ticket?

Ella lo levantó y luego miró hacia los percheros.

—No sé cómo están organizados.

—Déjame a mí —le dijo Chase, tomando el papel de su mano.

Al hacerlo, le rozó los dedos y Vanessa se estremeció.

Como ya había hecho antes, intentó controlar aquella reacción de su cuerpo, aunque en esa ocasión le costó más.

«No puedes. No debes».

Pero quería. Mientras Chase se centró en encontrar los abrigos, ella peleó contra su subconsciente.

En las últimas horas había escuchado muchas cosas acerca de Chase Harrington, quién se suponía que era, qué había conseguido en la vida, el dinero que había ganado.

No le preocupaba que todo el mundo se hubiese dado cuenta de que habían llegado juntos, lo que le preocupaba era él. Tenía algo que la ponía nerviosa.

Era como si faltase algo vital, una información importante, necesaria para encontrarle sentido.

Pero eso era como intentar explicar la atracción que sentía por un hombre que era el mejor ejemplo de la vida que había dejado atrás.

Clavó la vista en la espalda de Chase y, sin darse cuenta, se mordisqueó el pulgar. Bajó la mano al ser consciente de lo que estaba haciendo.

No, ese era James. Y había salido con él unas semanas con dieciocho años.

–¿Sabes que llevo casi veintisiete años aguantando que me comparen con mi hermana mayor, que es más lista e infinitamente más guapa que yo? –comentó por fin.

Chase la miró por encima del hombro.

–Durante veintisiete años, se ha esperado que actuase, pareciese y pensase de una determinada manera, a la manera de los Partridge. Lo que significaba estudiar Derecho, sacar unas notas estupendas y, cuando terminase, trabajar en el bufete de mis padres. Diez años después, como mucho, me habrían ofrecido hacerme socia, eso, si había sido capaz de conseguir a los clientes adecuados y si trabajaba quince horas al día, los siete días de la semana.

Chase se centró en ella.

–Algunas personas matarían por poder tener esa oportunidad.

–Sí, es cierto, pero… –Vanessa suspiró–. Yo quería otra cosa. Quería enseñar, tener una familia. Tener una vida, no solo una carrera. Y una vida propia, no la que mi padre me había organizado desde niña.

–¿Y Dunbar formaba parte de esa otra vida?

–Eso pensé yo –admitió, apartando la vista de él–. A Dylan no le gustaba correr riesgos. Comprobaba hasta tres veces que llevaba el cinturón de seguridad abrochado cuando subía al coche. Una ironía, la verdad, teniendo en cuenta cómo falleció.

—En Indonesia, ¿no?

Vanessa asintió.

—Al parecer, el avión no era seguro. No entiendo qué hacía allí. No me encaja con él.

—Tal vez se estuviese documentando, o explorando otras culturas —dijo Chase, frotándose la nuca—. O, a lo mejor, buscando su yo más espiritual.

—No creo —respondió ella—. Sabía muy bien quién era.

—No lo admiras como persona, ¿verdad?

—Cuando le dije que estaba embarazada, me abandonó.

—Te dejó con dos bebés y sin ninguna ayuda económica.

—¡Dicho así parece que estés hablando de dos perros! No me dejó con dos bebés.

—Pero no quiso saber nada más de ti. Ni de sus hijas.

Dicho así, sonaba horrible. Vanessa no supo qué contestar.

—Siempre me dijo que no quería tener hijos —comentó por fin, encogiéndose de hombros, mientras buscaba su abrigo—. Yo no lo creí. Quiero decir, que me pareció imposible que un hombre que escribía semejantes libros pudiese pensar así. Había sido profesor de inglés y escribía libros para niños, así que le tenían que gustar los niños. La gente lo adoraba. Parecía el flautista de Hamelin del siglo XXI. Yo lo veía una y otra vez.

Pero siempre de lejos. Nunca había podido estar a su lado. Y había sido tan ingenua como para pensar que podría cambiarlo.

–Tener talento no está reñido con ser un cretino –le dijo Chase–. Y, si no, mira a tu James.

–¿James Bloomberg? –preguntó ella, frunciendo el ceño–. No es mío.

–Pero lo fue en el pasado.

Ella suspiró y volvió a centrarse en los abrigos.

–Tenía dieciocho años. Salimos juntos un par de veces y él se pasó todo el tiempo hablando de sí mismo. Y cada uno pagó lo suyo.

Chase no pudo contenerse. Parecía tan indignada y ofendida, que se echó a reír.

–¡Chase! No tiene gracia.

–Por supuesto que no –dijo él–. Lo siento.

Luego alargó la mano y tomó un abrigo, el de ella, y se lo dio. Vanessa volvió a fulminarlo con la mirada mientras se lo ponía.

–Solo quería llegar a mi padre a través de mí –añadió–. Una de las muchas personas falsas e interesadas con las que he tenido que vérmelas a lo largo de la vida.

–Hasta que te marchaste.

Ella lo miró a pesar de la oscuridad.

–Sí. Cuando les dije a mis padres que estaba

embarazada, se pusieron furiosos. Y cuando me negué a contarles quién era el padre, tuvimos una acalorada discusión.

—¿Por qué no se lo contaste?

Ella se rio con desgana.

—No conoces a Allen Partridge. Para mi padre todo es blanco o negro, no hay grises. Adora la ley. Así que cuando algo está mal, está mal y punto. Habría llevado a Dunbar a juicio para que me pasase una pensión por las niñas, independientemente de lo que pensase yo. ¿Te imaginas el escándalo que eso habría causado?

Chase se lo imaginaba.

—Yo quería que mis hijas tuviesen una vida normal, no que todo el mundo supiese que eran las hijas ilegítimas de D. B. Dunbar. Además, mi padre me dijo algunas cosas imperdonables. Así que me marché. Lo dejé todo.

Chase se dio cuenta de que eso era cierto, lo había dejado todo, no solo se había marchado de la mansión de sus padres, sino que había dado la espalda a su familia y a la vida que había tenido hasta entonces.

Había dejado atrás su vida, igual que él.

—¿No te sentiste tentada a pedir parte de la herencia de Dunbar?

—No. Si él hubiese querido darme algo, lo habría puesto en su testamento, ¿no?

Chase se encogió de hombros.

—No obstante, debió de ser muy duro, sobre

todo, teniendo en cuenta que estabas embarazada.

–Lo fue. Sigue siéndolo, pero fue la mejor decisión que pude tomar.

Al ver que Chase asentía, Vanessa le preguntó:

–¿Tú también hiciste eso? ¿Dejaste tu vida atrás?

Chase se dio cuenta de que Vanessa sentía curiosidad por él, pero hacía años que se había vuelto desconfiado.

–Como tú, decidí cambiar de vida –se limitó a responder.

Notó que Vanessa lo miraba con intensidad.

–Pasaste de vivir en una ciudad pequeña a hacerte multimillonario –comentó ella–. Eso sí que es un cambio.

–He trabajado muy duro para conseguirlo –le respondió él, mirándola otra vez.

–Y, a juzgar por lo que he oído esta noche, también donas mucho.

Chase se encogió de hombros de nuevo. Respuesta que estaba empezando a molestar a Vanessa. Le resultaba extraño ver cómo Chase buscaba tener una vida normal mientras sus padres hacían todo lo contrario: dar publicidad a cualquier logro.

Se dio cuenta de que no obtendría más respuestas de Chase si ella no le contaba cosas también.

–Conocí a Dunbar en el bufete de mis padres —empezó en voz baja—. Lo reconocí. Te has puesto mal el abrigo.

Chase se colocó el cuello mientras ella seguía hablando. Tenía la mano apoyada en el pomo de la puerta.

—Le halagó que lo reconociese. Me invitó a su casa y yo acepté la invitación y terminé en su cama. Lo nuestro duró seis meses. No, todavía lo tienes… Espera.

Alargó las manos y le puso bien el cuello del abrigo. Luego sonrió y lo miró a los ojos.

«Ten cuidado, Ness», se dijo a sí misma, retrocediendo.

—¿Por qué querías hacerte con el manuscrito? —le preguntó él.

—Era para Erin y Heather —respondió ella sin dudarlo—. Dylan no les dejó nada, ni siquiera reconoció su paternidad. No tengo nada tangible que les recuerde a él, ninguna nota, ningún regalo. Ni siquiera una fotografía que pueda enseñar a las niñas dentro de unos años, cuando me empiecen a hacer preguntas.

Suspiró antes de continuar.

—Yo quería que tuviesen el manuscrito, algo personal e íntimo que las uniese a él cuando fuesen mayores. Dylan siempre escribía muchas notas en sus borradores y, en ocasiones, revelaba mucho más en ellas de lo que realmente quería que el mundo viese, así que después solía destruirlas. Con un poco de suerte, ese manuscrito permitiría ver a mis hijas quién era su padre y comprender su pasión un poco mejor.

«¿Y entender por qué había decidido abandonarlas?».

Hizo una pausa y se tragó la amargura de aquellas últimas palabras antes de que se le escapasen. No le servía de nada seguir enfadada, razonó. No le hacía ningún bien.

—¿Cuál es tu verdadero motivo, Chase? —le preguntó a este después.

Lo vio darle vueltas a la pregunta y eso la entristeció a pesar de saber que casi no se conocían y no tenía por qué confiar en ella.

Eso significaba que Chase estaba dudando si contarle algo importante.

—¿Has oído hablar de la Fundación Make-A-Wish? —dijo él por fin.

—¿Que cumple deseos a niños con enfermedades terminales?

—Pues es uno de esos deseos.

—Un deseo muy caro —comentó Vanessa.

—Es algo que me apetecía hacer, no es oficial —le dijo, y al verla abrir la boca, añadió—: Y ya está.

—Pero…

—No hay pero que valga.

—Si no es oficial, debe de ser un deseo de alguien que conoces.

—Vanessa —le advirtió él—. Déjalo estar.

—¿Es alguien a quien conoces? ¿Es…?

Él juró entre dientes y frunció el ceño.

–Es eso –insistió ella–. ¡Sabía que era algo personal!

–Venga, Vanessa, ¿por qué no puedes conformarte con la respuesta que te he dado? –le preguntó Chase enfadado.

–No –respondió ella, negando con la cabeza–. No es eso lo que…

Él gimió con frustración y después se inclinó sobre ella para acallarla con un beso.

Vanessa se sintió indignada, se dijo que tenía que reaccionar, pero un instante después se relajó y disfrutó de su olor, de su calor, de sus labios.

Se apretó contra su cuerpo y le devolvió el beso.

Aquello los sorprendió a ambos y Vanessa gimió cuando Chase la apretó con más fuerza contra él y notó su erección en el vientre.

Agarró su rostro y apartó los labios de los de él.

–Chase.

–¿Qué? –preguntó él, respirando con dificultad.

–Que estamos en el guardarropa.

–Ya lo sé.

–Podría entrar cualquiera.

Chase apretó los labios y le acarició el pelo.

–De acuerdo. No queremos que eso ocurra. «Lo has entendido».

Aun así, Vanessa no pudo evitar sentirse decepcionada. Respiró hondo.

–Chase, creo que…

–Deberíamos marcharnos.

Ella asintió, incapaz de decir nada más en aquellos momentos. De repente, tenía ganas de llorar y eso era una tontería porque no era de las que se emocionaban tan fácilmente.

Así que irguió los hombros, tragó saliva y puso su cara de póquer.

–¿Estás listo?

Chase asintió y ella abrió la puerta.

Se hizo la luz y Vanessa salió del guardarropa con cara de no haber besado a Chase Harrington, y de no querer seguir haciéndolo.

El pasillo que llevaba hasta la puerta de salida se le hizo interminable, y esperar a Chase le costó todavía más. Se entretuvo metiéndose las manos en los bolsillos para protegerlas del frío. Unos segundos antes había tenido calor, con el cuerpo de Chase apretado contra el suyo y sus labios juntos.

Se maldijo, ¿por qué deseaba haberse quedado con él en el guardarropa?

Por fin se metieron en el coche y fueron hacia casa. En silencio.

Él no se había disculpado, pero Vanessa tampoco había esperado que lo hiciera. Chase Harrington no parecía ser de los que se arrepentían después de haber besado a una mujer.

De hecho, seguro que había besado a muchas. A cientos. A miles.

Vanessa frunció el ceño. «No es posible que estés celosa».

Sacudió la cabeza y suspiró.

«¿Qué había aprendido esa noche, además de que Chase Harrington besaba muy bien?».

Que había tenido una niñez complicada. Que era muy reservado. Y que se había gastado un millón de dólares para cumplir el deseo de un niño gravemente enfermo. Un niño que debía de significar mucho para él.

—¿Cuándo te marchas de Washington? —le preguntó por fin, rompiendo el silencio.

Él la miró con curiosidad.

—El lunes por la mañana. ¿Por qué?

—Podrías venir a cenar mañana por la noche. Si no tienes nada que hacer, claro —añadió.

Chase volvió a mirarla, en esa ocasión con el ceño fruncido.

—¿Después de todo lo que ha ocurrido esta noche, me invitas a cenar?

Vanessa se encogió de hombros.

—Tengo la sensación de que no estás acostumbrado a comer comida casera.

—Es cierto.

—Pues tengo que decirte que el asado de cordero me sale muy bueno —continuó ella, sonriendo—. Si no te importa cenar a las seis y con dos niñas gemelas.

Se detuvieron y Vanessa estudió su rostro bajo las luces de una farola. Era un hombre carismático y encantador, con una sonrisa devastadora.

«Estupendo», se dijo Vanessa a sí misma. «Sé lo que estás pensando y no funcionaría».

Chase vivía en Nueva York y era un hombre muy rico. Ella era profesora y madre soltera, y le había dado la espalda a la fama y la corrupción que podía implicar tener mucho dinero.

Se dijo que Chase no le había hablado en ningún momento de querer tener una relación, y ella tampoco tenía tiempo para eso.

Pero eso no significaba que no pudiese divertirse un poco.

Tomó aire.

Lo cierto es que le encantaría divertirse con un hombre como aquel. Tan… masculino.

Eso era, Chase era un hombre en todos los sentidos de la palabra. Sería perfecto para una aventura sin obligaciones.

Si a él también le apetecía, por supuesto.

Tal vez no quisiera…

–¿Qué? –preguntó Chase de repente.

Y Vanessa se dio cuenta de que había estado mirándolo fijamente.

Estupendo.

–Será solo una cena –le aseguró.

O intentó convencerse a sí misma.

–Si he aprendido algo en la vida, Vanessa, es que las cosas nunca son tan sencillas como parecen.

Ella se cruzó de brazos.

—Está bien. Entonces, nada.

—Yo no he dicho que no quiera cenar contigo.

Vanessa suspiró.

—Entonces, ¿qué quieres, Chase?

—Estaré encantado de cenar contigo mañana por la noche. Gracias.

—Bien —respondió ella, casi emocionada.

Capítulo Siete

El domingo, mientras hacía la colada y pasaba el aspirador, Vanessa no pudo dejar de pensar en Chase. Lo hizo incluso mientras hacía la compra con Erin y Heather.

Todavía seguía sorprendiéndole el beso que le había dado en el guardarropa y el modo en que ella misma había reaccionado.

Tenía que tener claro que Chase estaba casado con su trabajo y que cualquier mujer que hubiese en su vida tendría que conformarse con un segundo lugar. Además, era un hombre desconfiado.

No obstante, había comprado el manuscrito para un niño enfermo.

Acostó a las niñas para que durmiesen la siesta y se entretuvo una hora haciendo un origami, hasta que las niñas se despertaron y empezó a preparar la comida.

Después de pasar una hora jugando, volvieron a quedarse dormidas y Vanessa tuvo que lidiar sola con sus pensamientos en el silencio de la casa.

Si pensaba en la noche anterior le ardía la piel. Y si pensaba en que iba a volver a verlo esa noche, se le encogía el estómago de la emoción.

Era normal, hacía siglos que no salía con nadie. Y Chase era un hombre muy inteligente, que tenía mucho éxito.

Según fue pasando la tarde, la casa se vio invadida por el delicioso aroma a cordero asado y ella volvió a ponerse con su origami.

Dos horas después, llamaron al timbre.

Con Erin apoyada en la cadera y Heather en el corralito, bajó las escaleras y abrió la puerta.

Chase iba vestido con vaqueros, una camisa blanca y un jersey azul. Y el abrigo. Iba más informal que la noche anterior, pero estaba igual de guapo.

Vanessa no pudo evitar pensar en el beso de la noche anterior, y en el motivo por el que habían dejado de besarse.

Porque podía entrar alguien.

Esa noche nadie los interrumpiría, estaban en su casa.

Erin protestó, haciéndola volver a la realidad.

Chase levantó una botella.

—He traído vino, aunque no sé si bebes.

—De vez en cuando —respondió Vanessa—. Entra.

Él le hizo un gesto a la niña que tenía en brazos.

—¿Es Erin o Heather?

–Erin –dijo ella, antes de subir las escaleras–. Normalmente es la tranquila.

Él se echó a reír. Cerró la puerta, colgó el abrigo en el perchero y la siguió.

–Huele muy bien –comentó.

–A cordero asado –dijo ella, girándose–. Con verduras, y pan. Espero que te parezca bien.

Chase se acercó al corralito en el que estaba Heather y apoyó las manos en él.

–Perfecto. ¿Quieres que sostenga a Erin?

A ella le sorprendió la pregunta.

–Ah, bueno.

–Ya te dije que crecí rodeado de niños, no es la primera vez que tengo a uno en brazos.

–Entonces, toma.

Le dio a Erin, que lo miró fijamente.

–¡Mamá! ¡Come! –pidió Heather desde el corralito.

–Enseguida cenamos, cariño –le confirmó Vanessa, inclinándose para acariciarle la cabeza–. Voy a terminar de preparar la comida. ¿Vale?

–Sí.

–¿Estás bien ahí?

–Bien.

Chase siguió a Vanessa hasta la cocina sin dejar de sonreír y con Erin en brazos. Era una niña preciosa y lo estaba mirando con cautela. Él le sonrió.

Aspiró su olor a bebé y no pudo evitar recordar.

Mitch y su feliz familia, que lo habían acogido en sus vidas sin juzgarlo ni criticarlo. Durante meses, había tenido miedo al rechazo, a que la madre de Mitch, que era viuda, se cansase de él y lo echase de allí, así que había hecho un esfuerzo por ayudar en casa lo máximo posible.

Había tardado un año en relajarse un poco.

Nunca lo habían rechazado. Años después, había sido él el que se había ido.

Acarició la suave cabeza de Erin, que se limitó a mirarlo.

La mirada de la niña era tan intensa como la de su madre. También había heredado aquella actitud de superioridad. Y era preciosa.

—Apuesto a que todos los chicos se van a volver locos por ti —le dijo en voz baja.

La niña se metió el puño en la boca y buscó a su madre con la mirada.

—Vaya. Supongo que todavía no te la has ganado —comentó Vanessa sonriendo mientras cortaba el pan.

—Me gustan los retos.

—Da gracias de que no esté llorando.

—Gracias.

Vanessa se echó a reír. Chase la miró a los ojos y sonrió.

«Dunbar era un idiota».

Chase había leído acerca del escritor antes de la subasta, pero todas las noticias dependían de si la persona que la había escrito adoraba u odiaba su trabajo. Aunque sabiendo lo que le había hecho a Vanessa...

¿Qué clase de hombre abandonaba a su novia embarazada y a sus propios hijos?

—Como sigas frunciendo el ceño así, se va a poner a llorar —le advirtió Vanessa.

—¿Qué?

Ella levantó la vista de las zanahorias que estaba cortando.

—Debías de estar pensando en algo muy feo, para fruncir el ceño así.

—Sí.

Vanessa guardó silencio unos segundos y luego le preguntó:

—Dime...

—¿Umm? —dijo él, sonriendo a Erin, que todavía no confiaba en él.

—¿Cómo es que no estás casado?

Chase se quedó helado al oír la pregunta. La miró a los ojos.

—Quiero decir, que tienes treinta y dos años, eres rico, guapo —continuó Vanessa—. Increíblemente tolerante con los niños...

—El matrimonio es algo que no me interesa —afirmó él.

—¿Por algún motivo en particular?

—Me parece innecesario, además de un campo de minas económico —respondió, encogiéndose de hombros—. ¿Por qué complicar las cosas cuando se tiene una buena relación?

—Vaya. Hablas igual que mi hermana.

—El matrimonio no sirve para nada. No hace falta un trozo de papel para ser feliz. Además, uno de cada dos matrimonios fracasa, así que...

—Vaya, qué positivo.

—Es la verdad. El matrimonio cambia a las personas. Lo he visto muchas veces.

—¿Fue eso lo que les ocurrió a tus padres?

—Pues sí, fue precisamente eso. No tiene sentido estar con alguien que no te hace feliz —añadió—. ¿Dunbar te hacía feliz?

Ella se quedó pensativa.

—En realidad, creo que lo veía como a un héroe. Quiero decir, que como era tan carismático e ingenioso, gustaba mucho a las mujeres. También era muy reservado. Cuando no estaba promocionando sus libros, no daba entrevistas. Tampoco le gustaba mucho salir.

—Eso debía de limitarte mucho a ti —comentó él, dejando a Erin en el suelo y viendo cómo la niña gateaba hasta una silla.

—Sí, pero también tenía que tener en cuenta mi trabajo —respondió Vanessa, mirando a su hija.

—¿Qué quieres decir?

—Entonces estaba en el Winchester Preparatory College, un colegio privado de élite al que iban hijos de políticos, abogados, actores y banqueros. En el contrato había cláusulas de confidencialidad y de moralidad. En Washington, los ricos se toman muy en serio la educación de sus hijos y la moralidad de aquellos que los educan.

–¿El colegio no permitía que sus empleados tuviesen relaciones?

–El hecho de que me quedase embarazada sin estar casada no habría pasado desapercibido. Me habría llevado como poco una reprimenda, o tal vez me habrían echado. Y después de todo lo que había tenido que hacer mi padre para que me contratasen... imagínate.

Él asintió.

–¿Quieres vino? –le preguntó Vanessa, abriendo un armario.

–Por supuesto.

Vanessa abrió la botella y sirvió una copa para Chase y media para ella.

Cuando se la dio, sus dedos se tocaron un instante, haciendo que se estremeciese.

–Creo que vas bien –comentó, mirando a Erin, que se había olvidado de la silla y estaba abrazada a la pierna de Chase.

–Soy el hombre que susurraba al oído de los bebés.

Ella sonrió.

–¿Tienes hermanos pequeños?

–Soy hijo único –replicó él–. Mi madre no habría podido con más.

–Pero tienes mucha práctica con niños pequeños.

Él dudó.

–Mi mejor amigo, Mitch, tenía dos hermanas y tres hermanos pequeños. Pasaba más tiempo en su casa que en la mía.

–Esos son muchos hijos –comentó Vanessa, tomando dos platos y sirviendo la verdura–. ¿Todavía tienes relación con ellos?

–No. ¿Quieres que siente a Erin en su trona?

–Sí, por favor. Yo iré a por Heather.

Mientras iba a buscar a su hija, Vanessa pensó que ya tenía otra pieza más del puzle. Se preguntó cómo podía Chase tener una relación cercana con alguien, teniendo en cuenta lo cauto que era.

La respuesta era obvia: no la tenía.

Eso la entristeció.

–Ven, cariño –dijo mientras tomaba a Heather en brazos para sacarla del corralito.

–¿Me necesitas? –preguntó Chase desde la puerta.

–¿Puedes poner la mesa?

–Hecho.

Mientras él colocaba los platos y los cubiertos, Vanessa sacó el cordero del horno. Lo oyó hablar con las niñas y sonrió.

Chase Harrington estaba resultando ser una caja de sorpresas.

Como era habitual, Erin y Heather protagonizaron la cena. Después, empezaron hablando de un tema neutral: el trabajo, mientras Vanessa intentaba hacer que sus hijas comieran.

En cuanto se empezaron a relajar y Chase bajó un poco la guardia, Vanessa pudo ver al hombre que era en realidad. Sabía mucho de cine y de música, se le daban muy bien los números y estaba muy motivado. Un hombre que limpiaba los restos de manzana del moflete de Heather con una sonrisa.

Un hombre con el que las niñas parecían muy contentas.

Un hombre que, a pesar de la conversación de aquella noche, seguía siendo un misterio.

Ella supo que Chase la había estado observando toda la noche y esperó haber aprobado. Fuese cual fuese su veredicto, estaba segura de que Chase se ceñiría a él.

De repente, también se dio cuenta de que le importaba lo que pensase de ella.

—¿Por qué decidiste dedicarte a las finanzas? —le preguntó mientras limpiaba la trona de Erin.

Chase estaba metiendo los platos al lavavajillas y ella estudió sus hombros anchos, la cintura estrecha...

Estaba muy bien...

—Por dinero —respondió él, cerrando la puerta—. Quería ganar mucho dinero.

Se oyó un fuerte eructo y ambos se echaron a reír.

—¡Buena chica, Erin! —exclamó Vanessa—. ¿Tu familia... no tenía mucho?

—Más que suficiente.

Al ver su expresión confundida, Chase añadió:

–Mi padre era famoso en la ciudad. Teníamos la tienda de camas más grande del condado y salía en un anuncio en la televisión local.

–Interesante.

–La verdad es que era alguien importante.

La expresión de Vanessa seguía siendo de perplejidad.

–Digamos que los anuncios horteras de mi padre no me lo hicieron pasar bien en el instituto.

–Ah, vaya.

–¡Vente conmigo a la cama! –gritó él.

–¿Perdona?

–Era su lema. Mad Max Harrington de Mad Max's Beds. Era… humillante.

Chase la miró con gesto indescifrable antes de cambiar de tema de conversación:

–¿Haces origamis?

Vanessa lo miró con curiosidad.

Chase señaló hacia el salón.

–He visto el papel y dos animales nuevos en la estantería. Un pájaro y un oso, ¿no?

–En realidad, un koala y un martín pescador –respondió Vanessa sonriendo–. Me enseñó la última ama de llaves de mis padres. Es mi válvula de escape, después de pasar todo el día rodeada de niños.

–Se te da muy bien. Debe de hacer falta mucha paciencia.

–Y unos dedos ágiles –añadió ella, entrando

en el salón con Erin y dejándola en el corralito–. Nunca me ha llamado la atención el punto, tampoco se me da demasiado bien la música, no sé escribir ni pintar. Así que tengo el origami.

Limpió la trona de Heather y después a la niña.

Chase tenía las manos en los bolsillos y estaba poyado en la encimera. Parecía tan cómodo entre sus cosas que Vanessa sintió ganas de acercarse a tocarlo, para ver si su mandíbula era tan fuerte como parecía, y después aspirar su seductor olor a hombre.

Levantó a Heather y se dijo que todo era culpa de las hormonas.

–¿Y a qué te dedicas cuando no estás comprando manuscritos? –le preguntó, dejando a su hija en el suelo.

–Trabajo.

–Aparte de eso.

Él se echó a reír.

–No hago nada más.

–¿Y cómo te relajas?

–Corro.

–¿Solo por diversión o…?

–He hecho varios medios maratones, cuando el trabajo me lo ha permitido. Y también me gusta coleccionar arte, esculturas, algún libro.

–¿Libros? –preguntó ella, sin dejar de mirar a su hija.

–Compro primeras ediciones como inversión, pero leo novelas por placer.

–Pensé que estarías demasiado ocupado para leer.

–No sabes el tiempo que se pierde en los aeropuertos. Además, siempre me ha encantado leer. Es importante tener tiempo para las cosas que te gustan.

–No eres en absoluto como te había imaginado, Chase Harrington –dijo suspirando.

–¿Y cómo me habías imaginado?

–Terco, arrogante y avaro.

Chase sonrió y la miró a los ojos.

–Tú tampoco eres como te había imaginado.

Vanessa arqueó una ceja.

–Dilo.

–Estirada, mimada y caprichosa.

–Pero tengo una herencia.

–Y un BMW que te regaló tu padre.

–Vaya, ahora lo estás estropeando –dijo ella, inclinándose a por Heather.

–Lo siento.

–Disculpa aceptada –dijo, yendo hacia el corralito para sacar a Erin–. Es la hora del baño y del pijama.

Pensó que era la excusa perfecta para que Chase se marchara, pero él la sorprendió comentando:

–Mientras, prepararé un café. ¿Cómo lo tomas?

–No hace falta que te quedes.

Él arqueó las cejas.

–¿Me estás pidiendo que me marche?

–No… Supongo que ha sonado fatal, ¿no? Solo quería decir que esto debe de parecerte muy aburrido, así que si quieres irte…

–Vanessa, te aseguro que no me estoy aburriendo. Dime, ¿cómo tomas el café?

–Con leche y sin azúcar –respondió ella esbozando una sonrisa.

–De acuerdo.

Bañó a las niñas en tiempo récord, les puso el pijama y volvió al salón, que olía a café.

Chase señaló las tazas que había encima de la mesa.

–Ya está –dijo, mirando a Erin, que se acercaba tambaleándose hacia la mesa–. Ha sido buena idea proteger las esquinas.

Vanessa asintió.

–Sí, Heather se dio un buen golpe y no quise arriesgarme más.

Él se sentó y Vanessa tomó en brazos a Heather, que estaba protestando.

–Está bien, cariño, te dejaré en el corralito.

Lo hizo y sonrió al ver que la niña tomaba inmediatamente un cubo y se lo llevaba a la boca.

–Le encanta estar ahí.

–Supongo que es porque está en un espacio cerrado y se siente segura.

Ella guardó silencio y lo estudió con la mirada. Y él se maldijo a pesar de que tenía la sensación de que podía contarle cualquier cosa a Vanessa y que ella no lo juzgaría ni lo criticaría.

Pensó en el beso de la noche anterior.

—Tienes razón —dijo ella de repente.

—¿Perdona?

—El corralito. Es como cuando nace un bebé. Después de cuarenta semanas en un espacio pequeño, necesita tiempo para acostumbrarse a tener más espacio.

Chase asintió y miró a Erin, que estaba acercándose a él agarrada al sofá. Cuando por fin llegó a su lado, se agarró a su pierna y lo miró con sus enormes ojos marrones.

—¡Upa!

—Bueno, si me lo pides así… —respondió él, tomándola en brazos.

Se sintió cómodo en aquel silencio. Miró a Vanessa, que estaba tumbada boca abajo en el suelo, metiendo los dedos por la red del corralito para hacerle cosquillas a Heather. Se estaban riendo las dos.

Se corrigió, no estaba cómodo. La deseaba demasiado. Miró a Erin y sonrió.

—Vanessa. Mira.

La niña se había quedado dormida en sus brazos.

A Vanessa se le encogió el estómago.

—¿Quieres que la lleve a su cuna?

—Si no te importa.

Chase se levantó y fue hacia la habitación de las niñas.

Vanessa sacó a Heather del corralito y lo siguió.

–Gracias –le dijo una vez allí–. Ahora mismo voy.

Se ocupó de Heather mientras intentaba no pensar en la escena que acababa de presenciar en el salón. Diez minutos después, la niña estaba dormida y ella volvió de puntillas al salón. Para su sorpresa, Chase tenía el abrigo puesto.

–¿Te marchas? –inquirió.

–Mi vuelo sale temprano.

–De acuerdo –le dijo. No iba a pedirle que se quedase, así que le abrió la puerta.

El aire frío los golpeó y Vanessa se estremeció y se apretó la sudadera contra el cuerpo mientras bajaba las escaleras.

Chase abrió la puerta de la calle y luego se giró hacia ella.

–Gracias por la cena. Hacía mucho tiempo que no comía tan bien.

–De nada. Creo que les gustas a Erin y a Heather.

–Son unas niñas preciosas. Muy… poco lloronas.

Vanessa se echó a reír.

–No creas, a veces pienso que se va a caer la casa con sus gritos. Por suerte, los vecinos son comprensivos.

–Buenas noches –añadió Chase, acercándose a darle un beso en la mejilla.

Duró solo un instante y a Vanessa se le debió de notar la decepción, porque, al apartarse, Chase sonrió y tomó aire, como si fuese a decir algo, pero después se lo pensó mejor.

–Chase… –dijo ella, pero no le dio tiempo a más, porque él volvió a inclinarse hacia delante y la besó de verdad.

Y fue tan maravilloso como ella recordaba. Deseó que no se terminase nunca, que aquello le hiciese olvidar todo lo demás, pero, de repente, Chase se apartó.

–Buenas noches, Vanessa –repitió con la voz ronca y la mirada intensa.

–Quieres… –empezó ella, incapaz de preguntarle si quería pasar allí la noche.

Quería decírselo y lo habría hecho en otras circunstancias, pero era madre y sus hijas dependían de las normas y de las fronteras que ella estableciese.

–Tengo que irme –le respondió Chase–. Te llamaré.

–Está bien.

Mientras él bajaba las escaleras del porche, Vanessa respiró hondo y el aire fresco de la noche hizo que volviese a la realidad. No la llamaría. En cuanto estuviese en Nueva York, de vuelta a su vida normal, no tendría ningún motivo para hacerlo.

Ya tenía sus respuestas y el manuscrito.

Apesadumbrada, lo vio avanzar por el camino, pero justo al llegar al final, se giró y sonrió, y Vanessa se derritió por dentro.

Tal vez fuese mejor que no se quedase, porque, de haberlo hecho, no habría querido dejarlo marchar. Y antes o después tendría que hacerlo.

Recordó lo que le había dicho su padre. A los hombres como Chase Harrington les gustaban las mujeres perfectamente acicaladas, sin cargas y dispuestas a hacer vida social. Ella había sido así en el pasado.

Pero no podía volver a serlo.

Capítulo Ocho

Chase llevaba veinte minutos de vuelo cuando por fin apartó la vista de su iPad para mirar por la ventanilla.

El cielo estaba despejado y el sol era cegador. Entrecerró los ojos un instante y cerró la pequeña persiana suspirando.

La melancolía que lo había invadido la noche anterior al pensar en que tenía que marcharse seguía ahí. Y lo confundía.

En su maletín llevaba el manuscrito de Dunbar. Sonrió a pesar de su agitación. Sam se iba a quedar de piedra cuando lo viese.

Llevaba pensando en los días que pasaría con Mitch y Sam desde el día de la subasta. La sensación era agridulce, porque tenía ganas de ver a Sam y, al mismo tiempo, sabía que cada vez que lo viese estaría más cerca de…

Frunció el ceño. Tenía que ser fuerte y pensar en Sam. El niño tenía nueve años y una enfermedad terminal, así que lo último que necesitaba eran sus lágrimas. Necesitaba esperanza, por inevitable que fuese el resultado.

Y Chase tenía eso en su maletín. Tenía que centrarse en eso y no obsesionarse con los extraños sentimientos que había despertado en él Vanessa Partridge.

Se sentía atraído por ella, pero eso era todo. Era lo normal, tratándose de una mujer atractiva.

Seguía dándole vueltas al tema cuando desembarcó, recogió su maleta y se dirigió hacia el norte, al rancho Mac–D.

–Está dormido –le dijo Mitch nada más abrirle la puerta, dándole un abrazo–. No hace otra cosa. Ha perdido el interés por la lectura, la televisión y la Playstation. Por cierto, no tenías que haberle comprado eso.

–Quería hacerlo –respondió Chase, siguiendo a Mitch por el pasillo, hasta la habitación de invitados–. Nosotros no lo tuvimos a la edad de Sam. Tu madre no podía permitírselo y yo…

–Sí –dijo Mitch con el ceño fruncido–. Tus padres estaban demasiado ocupados con sus tonterías.

Chase le dio una palmada en el hombro.

–Tengo algo que podría interesarle.

–¿El qué?

–¿Te acuerdas de cuando habló del último libro de D. B. Dunbar?

Mitch se puso tenso.

–Dijo que ya no estaría aquí cuando saliese –comentó–. Ese día casi me rompe el corazón.

–Pues lo tengo.

–¿El libro? Pero si no va a salir hasta el año que viene.

–Tengo el manuscrito.

–¿Y cómo lo has conseguido?

–Salió a subasta la semana pasada y lo compré –admitió él.

–Lo compraste –repitió Mitch–. ¿Y cuánto te ha costado?

Chase sonrió.

–Más que un periódico, pero menos que una mansión.

Mitch se pasó la mano por el pelo.

–No hace falta que le compres cosas. Lo importante es que estés aquí. De verdad, no sabes lo agradecido que estoy de que Sam haya podido pasar los seis últimos meses fuera del hospital, en casa. Y todo gracias a ti.

–Vale, pero quiero hacerlo y puedo permitírmelo. Estás hablando conmigo, Mitch. Somos amigos desde el instituto. Soy el padrino de Sam. Nunca había hecho nada para ayudarte, así que deja que haga esto ahora.

Mitch sacudió la cabeza.

–De todos modos, no habrías podido hacer nada.

–Podría haberte devuelto las llamadas.

–Eres un hombre muy ocupado y lo comprendo. Además, tu jefe era un cretino.

Chase guardó silencio. Era cierto que Mason Keating, su jefe en Rushford Investment, era el mejor ejemplo a no seguir.

Suspiró, dejó el paquete encima de la cama y se aflojó la corbata.

–Quiero hacer feliz a Sam. Y sé que esto lo hará feliz.

–Sí –admitió Mitch.

–Pues vamos a tomarnos una cerveza.

Mitch se echó a reír, algo que hacía muy poco en los últimos tiempos y que a Chase le gustó oír.

Cuando sonó el teléfono el lunes por la noche, Vanessa se apartó de la televisión para responder.

Era Chase.

Casi se le cayó el teléfono de la impresión.

Pero volvió a llamarla a la misma hora el martes. Y a la noche siguiente. Cuando llegó el jueves, Vanessa estaba esperando su llamada emocionada.

Al principio hablaron de cosas sin importancia, pero poco a poco, sus conversaciones pasaron a temas más personales. No obstante, Chase seguía actuando con cautela.

–Háblame de ti –le pidió Vanessa, sentándose en el sofá con una manta y una taza de café y bajando el volumen de la televisión–. ¿Siempre has vivido en Texas?

–Hasta que me fui a la universidad.

–Pero no tienes acento.

–No –respondió él–. Me he esforzado mucho en perderlo.

–¿Por qué? A mí me resulta encantador.

—Porque era una desventaja.

—Apuesto a que a las chicas de la universidad les encantaba —bromeó Vanessa.

—La verdad es que no.

—Me cuesta creerlo.

—No era esa clase de chico.

—¿Y qué clase de chico eras?

—El deportista que salía de fiesta todos los fines de semana, tenía una docena de novias y utilizaba el encanto, los chistes obscenos y la beca de fútbol para sobrevivir —ironizó Chase.

—Está bien, había olvidado que tienes memoria fotográfica —dijo ella—. Seguro que eras un compañero de estudio genial. Yo siempre terminaba aprendiéndome un esquema en el último minuto. No sé ni cómo acabé la carrera.

Él se echó a reír y Vanessa suspiró.

—Lo dice la mujer que consiguió trabajo en Winchester Prep.

—Fue gracias a mi padre —argumentó ella—, pero prefiero que no hablemos de él.

—De acuerdo. ¿Qué tal tiempo hace?

Vanessa se echó a reír.

—Muy sutil, señor Harrington.

—Es uno de mis muchos talentos.

—Muchos, ¿eh?

—Ajá.

—¿Como por ejemplo?

—Puedo nombrar a los treinta últimos ganadores de un Oscar.

–Muy útil para cuando juguemos al Trivial Pursuit. ¿Algo más?

–¿En qué estabas pensando? –le preguntó él con voz profunda.

Vanessa se estremeció, cerró los ojos e intentó contener el deseo.

–En… –empezó, pero entonces miró la televisión y frunció el ceño–. Oh, estupendo.

–¿Qué ocurre?

–Waverly's está otra vez en las noticias –le contó, tomando el mando a distancia para subir el volumen–. Pobre Ann.

–Tienes buena relación con Ann –comentó él después de un breve silencio.

–Sí. Es amiga de mi hermana y, además, me cae muy bien. Es inteligente, dura, no le gustan nada las habladurías y es muy leal con sus amigos. Ha trabajado muy duro para llegar a donde está.

–Y, al parecer, también se ha granjeado algunos enemigos.

–¿Y quién no? Estoy segura de que si el director ejecutivo de Waverly's fuese un hombre, la prensa no sería tan dura con él.

–Es probable que tengas razón –admitió Chase.

–La tengo. A las mujeres siempre se las juzga por su aspecto físico y por su capacidad emocional. Cuando un hombre es duro, se dice que es asertivo. Cuando una mujer lo es, es porque es una zorra. Y a los hombres nunca se les pide que elijan entre su carrera y su familia —se desahogó—. Lo siento.

—No pasa nada.

—Solo lo dices por educación.

—Vanessa, a estas alturas ya deberías saber que no hago las cosas por educación.

—No estoy… segura.

—¿De qué?

«De nada. De ti. De esto».

—No es fácil verte venir, Chase Harrington.

—No puedo permitir que eso ocurra.

—¿En el trabajo? ¿O en tu vida personal?

Hubo un silencio.

—En ambos casos, Vanessa —le respondió Chase por fin—. Y me temo que te lo estás tomando de manera personal.

—¿Sí?

—Sabes que sí, así que te voy a hacer una pregunta.

—De acuerdo…

—¿Qué perfume llevas puesto?

Eso la sorprendió.

—¿Perdona?

—Hueles a vainilla mezclada con algo más que no sé lo que es, y me estoy volviendo loco.

Ella lo estaba volviendo loco.

A Vanessa se le aceleró la respiración.

Era evidente que Chase había estado pensando en ella.

—Lo que huele a vainilla es el acondicionador para el pelo que utilizo —le respondió por fin–. Y el otro olor debe de ser la crema que les pongo a las niñas después de cambiarles el pañal.

–Interesante. ¿Vanessa?

–¿Sí?

–¿Qué vas a hacer este fin de semana?

–Lo habitual: poner lavadoras, limpiar, cocinar, atender a las niñas. ¿Y tú?

–¿Por qué no vienes a Georgia?

–¿Qué? ¿A Georgia? No puedo permitírmelo... y están las niñas. ¿Qué hay en Georgia?

–Yo. Y mi ahijado, Sam.

–¿Estás en Georgia? –le preguntó ella confundida–. ¿Y quieres que conozca a tu ahijado?

–Sí. Tiene leucemia en fase terminal y le prometí que le leería el último libro de Charlie Jack.

–Es el niño cuyo deseo querías cumplir –balbució ella.

–Sí.

Vanessa esperó a que Chase continuase hablando.

–Me gustaría que me ayudases a leerle el libro. Si quieres hacerlo.

Vanessa se dio cuenta de que aquel era un paso importante, muy importante.

–Chase, no puedo permitírmelo...

–Yo me ocuparé de eso. Hay un vuelo directo mañana por la mañana. Podrías estar aquí en un par de horas y volver el domingo por la noche.

Vanessa levantó los ojos al cielo. Recordó aquella sensación, cuando podía hacer una llamada o encender el ordenador y tener lo que quería.

—No sé si puedo —admitió.

—Lo comprendo.

—Chase, no...

—No pasa nada, Vanessa. No tienes por qué hacerlo.

No, no tenía por qué, pero era consciente de lo mucho que aquello significaba para Chase y eso era importante para ella.

—No, quiero hacerlo, Chase. Espera que haga un par de llamadas.

—¿Estás segura?

—Llámame dentro de diez minutos.

Colgó el teléfono y marcó el número del móvil de su hermana.

—Jules.

—¡Ness! ¡Precisamente estábamos hablando de ti!

—¿Con quién?

—Ah, con mamá y papá y un cliente suyo. Estamos en Citronelle. ¿Has estado alguna vez? ¡Es increíble!

—No, no he estado nunca. Escúchame, ¿cuándo vuelves a Los Ángeles?

—Dentro de una semana. ¿Por qué?

Vanessa se mordió el labio inferior.

—¿Te gustaría pasar algo de tiempo de calidad con tus sobrinas?

***

Chase colgó el teléfono, miró hacia la oscuridad que había al otro lado de la ventana y esperó a que ocurriese, a que se le encogiese el estómago, a tener la sensación de que le iba a reventar la cabeza y a ponerse a sudar.

Pero en esa ocasión no le ocurrió.

Había tomado la decisión adecuada.

Mitch llevaba un rancho, hacía frente a la enfermedad de Sam, y trataba de superar que Jess lo hubiese abandonado.

Era fuerte a pesar de todo.

Chase tenía la sensación de que Vanessa tenía esa misma fortaleza, la misma que a él le habría gustado tener. La fuerza que le había faltado cada vez que había intentado contarle a Sam que tenía el último libro de Charlie Jack.

Solo de pensar en leerle el libro en voz alta, a solas, sabiendo que era el principio del fin, le invadía una enorme tristeza.

¿Sería un egoísta por querer que Vanessa estuviese allí con él para poder canalizar parte de esa tristeza?

La había invitado a ir. Con el permiso de Mitch, no solo la había invitado al rancho, sino también a una parte muy privada de su vida.

Cerró los ojos con fuerza, pero lo único que sintió fue nerviosismo.

Quería volver a verla.

Estaba deseando verla. Por eso le había pedido que fuera.

Era interesante que, después de tantos años, hubiese sucumbido a un deseo que dictaba sus actos e iba en contra de todos aquellos años de autopreservación.

No, no era solo deseo. Era evidente que Dunbar había reescrito parte de la historia pensando en Erin y Heather, y, por lo tanto, incluyendo a Vanessa en aquello. Por eso tenía que darle la oportunidad de leer el libro antes de que saliese publicado.

Y él siempre hacía lo correcto.

Capítulo Nueve

–Podías haber traído a Erin y a Heather –dijo Chase por tercera vez desde que la había recogido en el aeropuerto.

–No me ha parecido apropiado –respondió ella.

–No –admitió él–. Tienes razón.

–Además, mi hermana quería quedarse con ellas. Y puede llamar a Stella si tiene algún problema –continuó, mirando por la ventanilla–. Es la primera vez que estoy en un rancho.

–¿Y cuando ibas a Colorado?

–Íbamos en invierno, a esquiar, a chalets de lujo, no a ranchos con cien cabezas de ganado.

–En este hay varios miles. Allí está la casa –añadió Chase.

Una enorme señal de madera indicaba el rancho Mac-D. Tomaron la curva y ante ellos apareció una larguísima valla, al final del camino había una casa. Tenía un solo piso y era de ladrillos oscuros, estaba rodeada por un porche y el tejado era verde. Más allá, detrás de varias vallas más, Vanessa vio los establos, un tractor y algo de ganado.

Se detuvieron y un hombre salió a saludarlos. Era todo un vaquero, desde el sombrero hasta las sucias botas.

–Mitch, esta es Vanessa Partridge. Vanessa, Mitchell O'Connor.

Era de menos estatura y más fuerte que Chase, tenía la piel morena de trabajar la tierra. Se quitó el sombrero, se limpió la mano en los vaqueros y se la tendió a Vanessa con una sonrisa.

–Encantado de conocerla, señora.

–Llámame Vanessa, por favor. Y gracias por invitarme a venir.

–De nada. En casa hay mucho espacio. Y Sam siempre se alegra de tener visitas.

–¿Cómo está? –preguntó Vanessa.

–Ah, igual –dijo Mitch, dejando de sonreír un instante–. Chase te enseñará tu habitación. Y yo iré en cuanto termine aquí.

–De acuerdo –respondió ella sonriendo mientras Chase sacaba su bolsa de viaje del coche.

El salón estaba impecable, con pocos muebles y las paredes pintadas de azul claro. La cocina que había unida a él tenía largas encimeras, muchos armarios y una nevera enorme.

–La habitación está a la izquierda –le indicó Chase, señalando el pasillo–. La mía es la de al lado.

–¿Y la de Sam?

–Está al otro lado de la casa, junto con la de Olivia, su enfermera, y la de Mitch. Este es el baño –le dijo al pasar por delante–. Y el cuarto de la lavadora.

Llegaron a la habitación de Vanessa y Chase dejó la bolsa de viaje en el suelo.

–Te esperaré en la cocina.

Ella se fijó en la habitación, que tenía una cama de matrimonio, una pequeña estantería y un escritorio. Y unas puertas dobles de cristal que daban al patio.

Cuando se giró, Chase seguía en la puerta. Su expresión era indescifrable.

–Gracias –susurró.

–De nada. Chase, yo…

Él frunció el ceño y sacudió la cabeza.

–No tienes que decir nada.

Vanessa quería hacerlo. Tenía muchas preguntas en mente, pero supo que no era el momento ni el lugar para airear sus inseguridades.

–De acuerdo –dijo en su lugar, dejándolo marchar.

Por el momento.

Deshizo la bolsa de viaje y fue a la cocina. Chase había preparado una jarra de té con hielo y estaba intentando preparar café con una vieja cafetera eléctrica cuando Mitch entró por la puerta.

Chase levantó la vista con el ceño fruncido.

–Pensé que Tom vendría hoy.

–Solo viene dos veces por semana.

–Pero…

–Chase, no te pases. No necesito un cocinero. Olivia se ocupa de la comida de Sam, así que no necesitamos más.

–¿Y dónde está ahora?

–Ha ido a la ciudad a hacer unos recados.

–Con respecto a Tom…

–No tiene sentido que malgastes tu dinero conmigo. Además, cuando viene me deja comida congelada para toda la semana.

Dicho aquello se fue hacia el pasillo, golpeando con sus botas el suelo de madera. Se oyó una puerta y después:

–¡Eh, chico! ¿Cómo estás? ¿Has conocido ya a la amiga de Chase?

–Ven –le dijo este a Vanessa, sacándola de la cocina.

Ella lo siguió sin saber qué esperar. Tal vez una habitación completamente esterilizada, llena de vendas y aparatos de alta tecnología. Y sí, había varios aparatos y la habitación estaba impecable, pero también era la habitación de un niño de nueve años al que, al parecer, le encantaban las artes marciales, el fútbol y Charlie Jack.

Vanessa miró hacia la cama y tuvo que hacer un esfuerzo para no ponerse a llorar.

–Hola –dijo, saludando al niño pálido y sin pelo, de aspecto frágil, que había en ella–. Tú debes de ser Sam.

–Me han delatado los tubos, ¿verdad?

Ella tragó saliva.

—No te pases con Vanessa, chico —dijo Mitch, acariciando la cabeza de Sam de manera cariñosa—. Es la invitada de Chase.

—¿Es tu novia? —preguntó Sam.

Chase la miró a los ojos y después respondió:

—Es solo una amiga.

—Ah. ¿Y eres de Nueva York?

—No, de Washington.

A Sam se le iluminó el rostro.

—Allí está la Biblioteca del Congreso. Me encantan las bibliotecas. La abuela estuvo trabajando en una en el condado de Jasper, donde nació mi padre.

—¿Tu padre nació en una biblioteca?

Sam sonrió.

—¡No!

Vanessa le devolvió la sonrisa, tomó una silla y se sentó al lado de la cama.

—¿Y qué es lo que más te gusta de las bibliotecas?

—Bueno, los libros, claro. Hay tantos… Es increíble. Y que es un lugar tranquilo.

Chase y Mitch los dejaron charlando y volvieron a la cocina, donde ya estaba preparado el café.

—Así que te has buscado una Perfecta —empezó Mitch, sirviendo el café.

—¿Qué te hace pensar que es una Perfecta? —inquirió Chase.

—Ah, no sé… la piel, la ropa, su manera de

comportarse –respondió Mitch, dando un sorbo a su taza–. Todo.

Chase sacudió la cabeza.

–Pues no lo es. Es profesora de guardería. Y madre soltera.

–¿Y qué? Apuesto a que sus padres son ricos y a que su padre le regaló un coche por su graduación.

Chase frunció profundamente el ceño. ¿Qué le pasaba a Mitch?

–Sus padres son dos abogados muy conocidos, pero ella… es diferente. Divertida. Compasiva. Sus niñas son preciosas y es una buena madre. Y cocina. Hace un asado que se derrite en la boca…

Vio sonreír a Mitch.

–Eres un hijo de…

–Te gusta.

–Sí.

–A Chase le gusta Vanessa –bromeó Mitch.

–¿Qué tienes, doce años?

–Chase quiere besar a Vanessa –continuó su amigo–. Quiere casarse con ella. Chase y Vanessa…

–Eres idiota, O'Connor –respondió Chase–. No sé cómo te soporta tu familia.

–Esto… Sam dice que está cansado.

Ambos se giraron sorprendidos y vieron a Vanessa en el pasillo, con gesto preocupado.

–Se cansa muy fácilmente –le aseguró Mitch–. Iré a ver cómo está.

–¿Te apetece un té con hielo o café? –le preguntó Chase a Vanessa.

–Un té, por favor –respondió, observando después en silencio cómo sacaba Chase un vaso y le ponía una cucharada de azúcar.

Cuando se giró hacia ella, estaba sonriendo de medio lado.

–Este árbol al que nos hemos subido… ¿No se romperá?

–Nos has oído.

Vanessa sonrió.

–Era difícil no hacerlo.

–Mitch es así… Siempre ha sido un payaso. Bueno, últimamente, no. De hecho, hacía meses que no lo oía bromear.

–Es comprensible, dadas las circunstancias –dijo Vanessa, y luego dudó antes de añadir–: ¿Dónde está la madre de Sam?

Chase frunció el ceño, su expresión se volvió dura.

–Jess se marchó seis meses después de que diagnosticaran a Sam.

A Vanessa se le puso la mirada triste.

–¿Y cuánto tiempo lleva Mitch con esto?

–Casi dos años.

Chase le dejó el vaso de té con hielo en la encimera y ella lo tomó, pero no bebió.

–¿Qué clase de madre abandona a su hijo enfermo?

–Una que, evidentemente, no es capaz de afrontar la situación.

133

–Sí, pero… –empezó ella, frunciendo el ceño, pensativa–. Cuando eres padre tu obligación es cuidar de tus hijos. No hay excusas.

Lo miró a los ojos y Chase notó cómo cambiaba todo. Y cómo cambiaba algo en su interior.

Vanessa no era en absoluto como él se había imaginado. Lo atraía, sí, pero, además, desde que se habían conocido, había desafiado todos sus prejuicios.

Debajo de aquella silenciosa dignidad había una mujer determinada. Chase sabía que nunca sería como Jess. Tenía más fondo, más integridad que ninguna otra mujer que hubiese conocido hasta entonces. Y estaba allí, lejos de sus hijas, porque él le había pedido que le leyese un libro a un niño al que no conocía.

Un libro que podía haber sido de Erin y de Heather.

Un extraño anhelo invadió todo su cuerpo, confundiéndolo. Para ocultarlo, comentó:

–Deberíamos empezar a leerle el libro en cuanto Sam esté con ganas.

Vio asentir a Vanessa mientras él iba hacia el pasillo.

Tal y como había esperado, a Sam le encantó la sorpresa y pidió que empezasen a leerle la novela de inmediato. Vanessa y Chase habían acordado turnarse y leerle un capítulo cada uno, pero cuando le tocó el turno a Vanessa, a Chase le envolvió de tal manera su melódica y suave voz, la historia y el mundo mágico de Charlie Jack, que solo quiso sentarse y escucharla durante horas. No obstante, después del cuarto capítulo, a Sam se le cerraron los ojos y tuvieron que parar.

Vanessa insistió en preparar la cena a pesar de las protestas de Mitch y Chase. Veinte minutos después casi había terminado de preparar una ensalada de patata y judías verdes y tres filetes.

–¿Sam sigue dormido? –le preguntó a Mitch, al verlo entrar en la cocina para tomar una cerveza de la nevera.

–Sí –respondió él.

Ella guardó silencio mientras Mitch la miraba de los pies a la cabeza, y luego volvió a preguntar:

–¿Duerme mucho?

–Sí. Últimamente siempre está cansado. Entre la quimio y los medicamentos lo tienen destrozado.

Vanessa no supo qué responder a aquello. ¿Qué se le decía al padre de un niño con una enfermedad terminal? No podía decir que lo sentía, pero estuvo a punto. En vez de eso, preguntó:

–¿Está Chase con él?

–Chase ha ido a ducharse –respondió Mitch–. ¿Cuánto hace que os conocéis?

–Unas semanas.

Mitch arqueó las cejas.

–Umm.

Ella les dio la vuelta a los filetes.

–¿Ese «umm» es bueno o malo?

–Depende. Chase me ha hablado de ti.

–¿Y qué te ha dicho?

–Quiénes son tus padres, dónde vives y a qué te dedicas.

Hizo una pausa antes de añadir:

–Debe de ser difícil, criar a dos niñas tú sola.

Vanessa se encogió de hombros.

–Me las arreglo como puedo. Tengo que hacerlo.

Mitch asintió.

–¿Y cuáles son tus intenciones con Chase?

Aquello la sorprendió.

–¿Me vas a dar una charla?

–¿Hace falta que lo haga?

–¿No confías en el criterio de Chase? –replicó Vanessa.

Mitch dejó escapar una carcajada.

–Sí. El primer año de universidad no consiguió salir con nadie. Luego ensanchó, creció y ¡pum! Las mujeres se peleaban por hablar con él.

–Me alegra saberlo.

–Te cuento las cosas tal y como son. Lo difícil no es que encuentre a una mujer, sino encontrar a una mujer decente, bueno…

Vanessa empezó a poner los platos en la mesa y recordó la conversación que había tenido con Chase el jueves.

–Así que en la universidad tuvo unas cuantas novias.

–Yo no las llamaría así –dijo Mitch, dándole un trago a su cerveza y mirando después hacia la puerta–. Veo que no te ha hablado de esto.

–Solo me ha dicho que no era el típico chico deportista.

A Mitch estuvo a punto de salírsele la cerveza por la nariz. Cuando dejó de toser y se limpió los labios, se echó a reír.

–¡Menudo eufemismo! No, desde luego que no era el típico chico deportista. Los dos fuimos unos empollones hasta más o menos los diecinueve años.

Dejó la cerveza en la mesa y empezó a colocar los cubiertos.

Pusieron la mesa en silencio hasta que Vanessa lo rompió diciendo:

–Supongo que conociste a sus padres.

Mitch se quedó paralizado antes de responder.

–Sí, los conocí.

–¿Y?

–Que eran idiotas.

–Con eso no me explicas nada.

Mitch suspiró y dejó dos vasos en la mesa.

–Eran chusma con mucho dinero. Su padre era todo un personaje, un encantador de serpientes. Miraba de arriba abajo a todas las mujeres que entraban a la tienda. La madre de Chase, por su parte, era muy cara de mantener.

Le encantaban las faldas ajustadas, los tacones de aguja y el maquillaje.

Terminó con los vasos y apoyó ambas manos encima de la mesa.

—Dos personas inmaduras y estúpidas que tuvieron un hijo que es un genio.

—¿Un genio?

—Recibió una beca Sterling, una de las más reconocidas internacionalmente. Solo conceden unas diez en todo el mundo. Puedes elegir universidad si pasas el duro examen de ingreso y tres rondas de entrevistas.

Vanessa se quedó absolutamente maravillada con la inteligencia de Chase, pero después recordó los retos a los que había tenido que enfrentarse.

—Así que sus padres discutían mucho.

—Sí. No confiaban el uno en el otro y discutían casi todas las semanas —le confirmó Mitch, dándole otro sorbo a la cerveza—. Y no siempre lo hacían en privado.

—Ah.

—Sí. Chase no solo era el hijo de Mad Max Harrington, un tipo loco que te gritaba por televisión para intentar venderte una cama... —continuó Mitch, poniendo cara de desprecio—, sino que sus padres discutían en la calle casi todos los fines de semana.

Vanessa tragó saliva, le dolió pensar en lo que Chase había tenido que sufrir.

—En el colegio se reían mucho de él por

todo eso –añadió Mitch–. Sobre todo, los Perfectos.

–¿Perfectos?

–Los deportistas y sus novias. Ya sabes, los que llevaban la ropa de última moda, los teléfonos más caros, los coches más llamativos...

De repente, dejó de hablar y se ruborizó.

–¿Unos esnobs que creían estar por encima de todo el mundo?

Cuando Mitch asintió, Vanessa empezó a entenderlo todo. La noche de la Biblioteca del Congreso, Chase le había dicho que era perfecta, pero había querido decirle «Perfecta».

Por eso había desconfiado de ella, porque le recordaba a las personas que más daño le habían hecho en su vida.

Y, aun así, se había abierto a ella. La había invitado a formar parte de su vida. Eso quería decir algo. Al menos, quería decir que había empezado a confiar en ella. Y eso era todavía más importante de lo que Vanessa había pensado.

Mitch se fue a dar una ducha y ella se quedó sola, cocinando tranquilamente, y no pudo evitar volver a pensar en Chase.

Era evidente que le atraía y había ido mostrándose a ella poco a poco. A pesar de haber pensado inicialmente que podía ser un hombre con el que pasar un tiempo, sin compromisos, lo cierto era que cada vez le gustaba más.

Entonces apareció en la puerta, recién afeitado y vestido con unos vaqueros y un jersey, con el pelo todavía húmedo.

–¿Te echo una mano? –le preguntó sonriendo.

Ella notó que se ruborizaba, sintió calor por todo el cuerpo.

–¿Pones esto en la mesa? –le sugirió, señalando la ensalada de patata.

–Por supuesto.

Chase pasó por su lado con los pies descalzos y Vanessa contuvo la respiración. De traje estaba impresionante, pero con vaqueros, descalzo y oliendo a jabón y a crema de afeitar...

Era devastador.

Él dejó la ensalada en la mesa y, a pesar de la distancia, Vanessa sintió ganas de arrancarle la ropa.

Chase Harrington la atraía y no era por su dinero ni por su poder, ni siquiera era por su inteligencia. Y, lo más sorprendente, era que él no se daba cuenta. Porque si se había dado cuenta... entonces también era muy buen actor.

«Te has enamorado de él». A pesar de que se había esforzado mucho en no hacerlo.

Suspiró mientras observaba cómo sacaba Chase la jarra de té con hielo de la nevera y la dejaba en la mesa.

Vanessa pensó que solo tenía que pasar el fin de semana sin hacer ninguna tontería, sin intentar ayudarlo. Su relación con Dunbar le había enseñado que ese tipo de relaciones eran autodestructivas. Además, ¿quién era ella para decir que Chase necesitaba ayuda? Parecía feliz tal y como era. ¿Quién era ella para juzgar sus ideas acerca de las relaciones a largo plazo y del matrimonio y cómo habían influido estas en su vida? Aunque no estuviese de acuerdo con él, formaban parte de su vida y lo habían motivado a la hora de convertirse en el hombre que era.

No obstante, ¿podía ignorar el hecho de que intentar tener algo más con Chase terminaría seguramente en fracaso?

Capítulo Diez

Después de la cena, Mitch fue a ver cómo estaba Sam y Chase preparó el café. Cuando terminó, le preguntó a Vanessa:

–¿Te apetece salir?

Ella asintió y sacaron sus cafés al patio, donde se sentaron en las escaleras.

Bebieron en silencio, disfrutando de las vistas y del silencio, que de vez en cuando se rompía por algún mugido.

–La verdad es que Mitch lo lleva muy bien –comentó Vanessa por fin–. Debe de ser muy duro.

Chase esbozó una sonrisa triste.

–También tiene días malos, pero ha tenido varios años para asimilarlo. Además, siempre ha sido un hombre muy sereno. En cuanto tiene un problema, hace todo lo posible por solucionarlo.

Pero aquel no tenía solución. Ambos volvieron a quedarse en silencio, pensando lo mismo.

–¿No hay nadie de su familia que pueda ayudarlo? –preguntó Vanessa.

–Su padre falleció cuando Mitch tenía dos años, y su madre se jubiló y se fue a vivir a Nevada. Su suegro también murió hace años. Y todos sus hermanos viven en otros estados. En cualquier caso, no podrían hacer mucho. El rancho funciona como un reloj y Mitch tiene toda la ayuda que necesita.

–¿Cómo os conocisteis? Mitch me ha contado...

Chase murmuró algo.

–¿Perdona? –dijo ella, frunciendo el ceño.

–Que Mitch nunca ha sabido mantener la boca cerrada.

–¿Qué tiene de malo que haya hablado conmigo?

–Que mi vida privada no es un tema de conversación.

–¿A quién piensas que se lo voy a contar?

Se miraron a los ojos hasta que Chase apartó la mirada.

–Está bien. ¿Quieres saberlo? Conocí a Mitch en la biblioteca –le contó mientras miraba por encima de su hombro, hacia la cocina, donde estaba Mitch sentado delante del ordenador, frunciendo el ceño–. Éramos inseparables. Después del colegio, en las vacaciones... Se podría decir que vivía en su casa. Siempre estaba llena de niños y su madre era increíble. Me encantaba.

–¿Y tus padres? ¿No les importaba que pasases tanto tiempo fuera de casa?

Chase se inclinó hacia delante, apoyó los codos en las rodillas y se miró los pies.

—No, no les importaba.

—Pero seguro que…

Él se puso tenso.

—Si yo no estaba, no tenían con qué negociar.

Eso era. Vanessa no podía evitar desear comprenderlo mejor, y ayudarlo a cerrar aquellas viejas heridas.

Era lo menos que podía hacer, después de que él le hubiese abierto las puertas de su vida.

Pero tenía que hacerlo con cuidado, para que Chase no se cerrase en banda.

—¿Y fuisteis a la universidad juntos?

Chase asintió.

—Hasta que Mitch dejó los estudios.

Antes de que a Vanessa le diese tiempo a preguntar, él continuó:

—Jess se quedó embarazada, así que hizo lo correcto y se casó con ella y volvió aquí, a ocuparse del rancho de su padre.

Eso decía mucho de Mitch, que era un hombre honesto, que aceptaba sus responsabilidades fuesen cuales fuesen las consecuencias. Y también decía mucho de Chase, como mejor amigo de Mitch.

Vanessa sospechaba que se parecían mucho en eso. Seguro que Chase tampoco era de los que abandonaban a la novia embarazada.

Suspiró.

La oscuridad de la noche los envolvió y se

quedaron en silencio, cada uno inmerso en sus propios recuerdos.

Después de unos minutos, Vanessa le dijo:

–Nuestra historia es similar. Ambos nos vimos obligados a madurar pronto porque no tuvimos unos buenos padres.

Chase frunció el ceño.

–Seguro que tu madre no se peleaba con tu padre en medio de la calle, y contigo delante.

–¿Eso hacía la tuya?

–Sí. No era una mujer segura de sí misma, así que cada vez que una mujer le sonreía a mi padre, pensaba que tenía una aventura con él. También hay que decir que él flirteaba mucho, aunque yo creo que no hacía nada más. Y, cómo no, mi madre también coqueteaba con los clientes. Así que siempre estaban discutiendo aunque nunca tuviesen pruebas de nada, y yo me moría de la vergüenza.

–Qué horror.

Chase hizo una mueca.

–Mi madre solía decirme que todos los hombres eran unos cerdos. Que no se podía confiar en ellos. Y que estaba con mi padre porque la mantenía.

Vanessa entendió entonces que la percepción que Chase tenía del matrimonio y de las relaciones estuviese tan distorsionada.

–Los míos siempre estaban trabajando –le contó–. Tenía unos seis años cuando le pedí a la niñera que viniese al día de padres. Los días pasaban entre el colegio y las actividades extraescolares. Y los fines de semana estudiábamos o teníamos excursiones educativas o competiciones deportivas. Siempre teníamos que hacer algo productivo.

»Lo más importante para mis padres era su carrera, y después, mi hermana, Juliet. Ella era encantadora, le encantaba hacer vida social, iba a ser abogada. A papá le disgustó que se hiciese abogada matrimonialista, aunque, en realidad, piensan que con la que han fracasado ha sido conmigo.

Chase se rio y sacudió la cabeza.

—No lo entiendo. Tienes un buen trabajo, dos niñas felices y sanas...

—Sí, pero a mi padre le enfada que no explote todo mi potencial. Después de todo lo que invirtieron en mi educación, estoy perdiendo el tiempo con un trabajo mal pagado. Y, además, no hay que olvidar que ningún hombre que valga la pena querrá casarse con una mujer que ya tiene hijos.

—¿Eso te ha dicho tu padre?

—De manera menos bonita, pero sí.

—Me parece una locura —comentó Chase.

—Mis padres son así.

—Pues que Dios nos libre de sus extrañas expectativas.

Vanessa lo miró.

—¿Qué querían tus padres que hicieras tú?

—¿Aparte de no ir a la cárcel? Que heredase

146

el negocio familiar, pero yo lo único que quería era salir de allí.

—Así que fuiste a Harvard.

—Con una beca. Mis padres se negaron a pagarme la universidad.

—No te imagino viviendo en una ciudad pequeña ni teniendo una vida normal.

—¿No?

—Me pareces mucho más ambicioso que eso —le dijo Vanessa, girando el cuerpo hacia él y dejando la taza en el suelo—. Tienes mucha energía. He estado observando cómo actúan los demás cuando están cerca de ti: los hombres quieren conocer tu opinión, y te escuchan de verdad cuando hablas. Y las mujeres...

Chase sonrió con escepticismo.

—¿Las mujeres?

—Solo quieren arrancarte la ropa.

Él se echó a reír.

—¿Y tú, Vanessa? —le preguntó, inclinándose hacia ella.

Ella tomó aire.

—No me hagas una pregunta cuya respuesta no quieres saber.

—Nunca hago conjeturas.

—Bien —le respondió Vanessa con el corazón acelerado—. Yo también quiero arrancarte la ropa.

Entonces vio sorpresa, diversión y también excitación en el rostro de Chase. Y añadió:

—Quiero que me beses.

Aunque no le habría hecho falta pedírselo, porque sus labios ya estaban allí. Vanessa cerró los ojos y se dejó llevar por un beso que al principio fue tierno y que poco a poco se volvió salvaje.

Chase sabía a café, a calor, a hombre. Olía a jabón, a hogar, a deseo.

Vanessa separó los labios y gimió. Los dos tenían la respiración acelerada y estaban excitados.

Ella estaba cansada de vivir como una monja. Necesitaba pasión en su vida. La echaba de menos.

Y Chase necesitaba distraerse del verdadero motivo de su visita, aunque fuese con algo tan sencillo como un beso.

Notó su mano en la mejilla y que Chase profundizaba el beso.

¿Sencillo? Todo se nubló a su alrededor y tuvo la sensación de que solo existían ellos dos.

—Vanessa —murmuró él contra su boca.

—Umm.

—Te deseo —le dijo Chase antes de volver a besarla.

Entonces se abrió la puerta del porche y ambos retrocedieron.

—Siento interrumpir, pero Sam está despierto —les dijo Mitch desde la puerta, intentando contener una sonrisa—. Y ha preguntado por vosotros.

La realidad hizo que Vanessa volviese a poner los pies en la tierra de golpe. Respiró hondo, asintió y se puso en pie antes de mirar a Chase.

Y se le cayó el alma a los pies al ver su rostro. Él la había acusado de llevar una máscara, y eso mismo era lo que tenía Chase en esos momentos. Era como si tuviese un control absoluto sobre sus emociones.

Mientras lo seguía por el pasillo, se le ocurrió una idea horrible. ¿Y si cuando terminasen de leer el libro Chase volvía a mostrarse inalcanzable y solitario? ¿Y si permitía que su pasado lo marcase para siempre?

Algunas personas vivían solo a medias, sin llegar a curar las heridas del pasado.

Y a ella se le rompería el corazón si Chase resultaba ser una de ellas.

Terminaron de leer *El último ninja* el sábado por la noche, justo cuando empezaba a llover.

Después de que Sam se quedase dormido, Vanessa se había marchado a su habitación, desesperada por estar a solas con su confusión.

El manuscrito de Dunbar revelaba mucho más de lo que él le había dicho nunca. Era extraño, que hubiese puesto por escrito su vulnerabilidad, para que cualquiera pudiese verla. Al parecer, tenía muchas dudas acerca de la dirección en la que debían ir sus personajes. ¿Eran demasiado oscuros? ¿Demasiado vengativos? ¿Qué mensaje estaba enviando a los niños? Y después estaba lo que más le afectaba a ella: cada vez que cambiaba el nombre de sus personajes a Erin o Heather, ponía al lado una interrogación. Al final de la historia, decía: *Preguntarle a V.*

¿Sería de eso de lo que había querido hablar con ella? ¿Habría querido pedirle su aprobación? ¿Se la habría dado?

Suspiró y se tumbó de lado. Golpeó la almohada mientras recordaba su ruptura, la última llamada de teléfono de Dunbar y su propio enfado.

Al menos en esos momentos ya sabía algo. Dylan la había dejado, pero había pensado en sus hijas y había querido poner sus nombres a los personajes de su último libro. Era algo maravilloso y triste al mismo tiempo y Vanessa volvió a desear que las cosas hubiesen salido de otra manera.

Volvió a suspirar e intentó olvidarse del pasado y regresar al presente.

Chase.

El beso no se repitió a pesar de que ella estuvo despierta dos largas horas, esperando, pero Chase no fue a su cama.

A la mañana siguiente se dijo a sí misma que era lo mejor. Había ido allí por Sam, no a acostarse con Chase.

Se despidió de los O'Connor, dividida entre

el deseo de quedarse allí y apoyar a Chase, y el de volver a la realidad y a sus hijas.

De camino al aeropuerto, tanto Chase como ella fueron en silencio.

«Te quiero».

Vanessa quería decírselo y llenar aquel momento de esperanza, en vez de aquella sensación de pérdida y dolor.

Pero no era el momento, era evidente que Chase estaba triste, por mucho que intentase disimular.

Después de que él la despidiera con un beso en la mejilla, Vanessa se sintió como si le acabasen de cortar el corazón en trocitos y los hubiesen pisoteado después.

Pero respiró hondo y se hundió en su asiento de primera clase.

Ya lo echaba de menos. Lo deseaba.

De hecho, lo amaba. Le encantaba que fuese tan tierno y dulce con Sam. Le encantaba que le hubiese alegrado la vida al chico sin pensar en el coste material. Le encantaba que se entregase y que decidiese compartir aquellos duros momentos con Sam y Mitch. La madre de Sam se había marchado, pero Chase estaba allí para apoyarlos moral y económicamente.

Lo amaba tanto que le dio miedo. Porque sabía que le rompería el corazón. Y que jamás se recuperaría.

En cualquier caso, no tenía más opción que seguir a su testarudo corazón.

Las nubes del exterior fueron desapareciendo y pronto estuvieron en un cielo azul, por encima de todo.

Vanessa se negó a permitir que su experiencia con Dylan estropease su idea acerca del amor y de los hombres. No obstante, había pasado casi dos años sin salir con nadie.

«Lo que tienes que hacer es estar ahí para cuando Chase te necesite. El resto… ya se irá solucionando».

Después de tomar aquella decisión, abrió un periódico que había en el bolsillo de su asiento. La primera página estaba dedicada a Waverly's.

Una semana. Siete días enteros sin tener noticias de Chase.

Vanessa había pensado llamarlo el día después de marcharse del rancho, pero Erin había tenido fiebre y se había pasado dos noches casi sin dormir, pendiente de la niña. Y durante el día solo había tenido tiempo de ocuparse de las niñas y de trabajar.

Llegó al domingo agotada, dispuesta a acostarse temprano, cuando Chase llamó a su puerta.

Estaba completamente rígido, de los pies a la cabeza.

Oh, no.

—Pensé que querrías saberlo. Sam murió el lunes —dijo emocionado.

Ella dio un grito ahogado.

–Oh, Chase… Entra.

–No puedo. Tengo una reunión dentro de una hora, y me marcho a Nueva York mañana por la mañana.

–¿Dónde… vas a dormir?

–En el hotel Benson.

–Chase –le dijo ella, abriendo más la puerta–. Anula la reunión y entra.

El dolor que vio en su mirada estuvo a punto de quebrarla.

–Yo…

Chase apartó la mirada y tragó saliva.

–¿Chase? –le preguntó Vanessa, agarrándolo del brazo–. ¿Estás…?

–No me preguntes si estoy bien –replicó él en tono frío–, porque es evidente que no. Esto ha sido un error. No he debido venir.

–No, yo…

–Tengo que marcharme.

Antes de que a Vanessa le diese tiempo a volver a hablar, Chase se había dado la vuelta y se había marchado, dejándola todavía más sola de lo que ya había estado.

Vanessa fue fuerte en presencia de Erin y Heather y después lloró en su habitación. Se sentó a pensar en el sofá, con una copa de vino en la mano y un trozo de papel en las rodillas. Estaba muy agradecida de tener a sus hijas y de la vida que tenía, por imperfecta que fuese. Le habían roto el corazón, pero se había recuperado. Y después había vuelto a complicarse con Chase Harrington, que le había hecho volver a creer en el amor.

Empezó a doblar el papel con el corazón encogido.

El rechazo de Chase le había dolido mucho, que no confiase en ella, que no quisiese que lo viese mal.

No podía dejarlo así. Tal vez, si había entrado en la vida de Chase, era por un motivo. Tal vez para enseñarle que no podía permitir que el pasado lo devorase por dentro, y que en el mundo no solo había personas frías y duras.

Tal vez aquello fuese una segunda oportunidad para los dos.

Dejó cuidadosamente el origami en la mesa y se preguntó qué estaría haciendo Chase en esos momentos. ¿Emborracharse en un bar? ¿Echarse la culpa de no haber hecho lo suficiente? ¿O sentirse culpable por estar vivo?

No podía estar solo en un momento así.

Vanessa se puso en pie, dejó la copa de vino en la mesa y fue a por el teléfono.

–¿Stella? Te necesito.

Media hora más tarde, Vanessa entraba en el ascensor del hotel de Chase, muy seria y con expresión decidida. Al mirarse al espejo se dio cuenta de que no se había peinado ni se había pintado los labios. Buscó en su bolso y encontró un brillo de labios rosa, que se puso mientras las puertas del ascensor se abrían en el último piso.

Luego se quitó la coleta. No había tiempo para más.

Salió al pasillo y se dirigió hacia la puerta que había al fondo.

Tenía el corazón acelerado y estaba sudando.

Entonces levantó la mano y llamó a la puerta.

Capítulo Once

Chase ya había vaciado la mitad del bar de su habitación y estaba tirado en el sofá de piel, mirando la televisión, en la que en esos momentos daban las noticias.

Su teléfono móvil vibró por cuarta vez en diez minutos, pero no respondió. Tenía un agujero enorme en el corazón que no podría llenar ni con alcohol ni autoflagelándose. Se había preparado para aquel momento, sí, pero lo cierto era que la realidad lo había pillado desprevenido. Mitch había estado más entero que él, y lo había animado a volver a Nueva York después del funeral.

«Mantente ocupado, sigue trabajando. Ocupa tu mente».

Aquella era la cosa más terrible que le había ocurrido en la vida.

Y lo irónico era que, hasta ese momento, no se había dado cuenta de que se había convertido en una caricatura. Se había alejado de todo el mundo y había vivido como un multimillonario.

Pero gracias a Sam, había cambiado. Eso lo había llevado hasta Vanessa y a muchas posibilidades increíbles con las que jamás habría soñado. Tanto ella como su pequeña familia le habían demostrado lo que era importante de verdad.

Ah. Vanessa. Con su pelo rojizo, sus ojos verdes, su seductora boca.

Había tenido que hacer un enorme esfuerzo para apartarse de ella, pero había hecho lo correcto. Había estado a punto de llorar al ver su rostro tan triste y compungido, y él jamás lloraba en público. No lo había hecho desde el primer año del instituto.

Lo revivió como si hubiese ocurrido el día anterior. Volvió a tener quince años, a notar cómo se obligaba a contener las lágrimas, la emoción y el miedo, a no mostrar debilidad alguna.

«Menos mal que no te ha visto así».

Estaba tan inmerso en sus pensamientos que casi no oyó que llamaban a la puerta hasta que la golpearon con más fuerza. Apretó los labios y juró entre dientes.

—¡Márchese!

Dejaron de llamar.

—Chase, soy Vanessa. Abre la puerta.

Él gimió, se pasó la mano por la cara y notó su aspereza. Recordó que llevaba varios días sin afeitarse y que necesitaba desesperadamente una ducha, pero le daba igual.

—Chase —repitió ella con firmeza—. Voy a seguir llamando hasta que me abras.

Él juró en voz alta, se puso en pie y se tambaleó por culpa del alcohol.

Se maldijo.

—Vete a casa, Vanessa —gruñó.

—No.

—Vete. A casa.

—Abre la puerta, Chase.

—¡Maldita seas, no quiero verte!

Después de un breve silencio, Chase acercó el ojo a la mirilla. ¿Habría entendido Vanessa la indirecta?

No.

—Pues yo necesito verte a ti —le replicó ella.

Él abrió la puerta con frustración.

Y entonces vio unos preciosos ojos verdes que lo estaban mirando fijamente.

Y se le pasó el enfado de golpe.

Vanessa se puso tensa. Chase olía a bourbon caro y a desesperación.

Tragó saliva, hizo acopio de valor y se dijo que estaba luchando por lo que quería.

—No estoy pasando por un buen momento, Vanessa —murmuró él, bajando la vista al suelo—. Vete a casa, con tus hijas.

—Me parece que tú me necesitas más.

—No me digas.

Antes de que le diese tiempo a responder, Chase la agarró y la metió en la habitación, cerró la puerta y la apoyó contra la pared.

—¿Y cómo sabes lo que necesito? —le preguntó después.

–Sé que no deberías estar solo. Deja que esté contigo.

–¿Quieres estar conmigo? –replicó él–. La Perfecta Vanessa Partridge, de familia rica de toda la vida, ¿quiere estar conmigo?

–Chase…

–Sí, conmigo. Con Chase Harrington, que es gordo, feo y de Texas. El friki, hijo de Mad Max Harrington, cuyos padres amenazaban con divorciarse todos los fines de semana, para deleite del pueblo entero, y después tenían sexo en el hotel más cercano mientras él se moría de la vergüenza. ¿Es ese el hombre con el que quieres estar?

Vanessa sintió ganas de llorar. Chase estaba intentando apartarla de su lado, pero no lo iba a conseguir.

–Lo siento, Chase –le dijo–. Siento mucho que tu pasado te haya hecho tan desconfiado. Y siento lo de Sam. Es terrible, pero tenía una enfermedad terminal. No podrías haber hecho nada para salvarle la vida. Y lo sabes.

Él la fulminó con la mirada y retrocedió.

–No, no lo sé.

Vanessa frunció el ceño.

–No puedes…

–A lo mejor, si hubiese formado parte de su vida en vez de ignorar las llamadas de Mitch, le habrían diagnosticado la enfermedad antes. ¿Para qué sirve tener tanto dinero, si no puedes cambiar las cosas?

–Tú lo has hecho.

–Sí. Le he leído un libro –le espetó Chase.

Aquello enfadó a Vanessa.

–No hagas eso. No finjas que no has hecho nada. Sam tenía un deseo y tú lo hiciste realidad. Y decir lo contrario mancha su memoria y es un insulto para Mitch. Si quieres gritar, grita. Si quieres emborracharte, emborráchate, pero no digas que no hiciste nada. A mí me parece que probablemente sea la mejor cosa que has hecho en toda tu vida.

Al ver que Chase no respondía, ella suavizó su expresión y dio un paso hacia él.

–Chase, estoy aquí. Yo también he perdido a alguien. Quiero ayudarte.

Vio que a Chase se le movían las aletas de la nariz al tomar aire. Vio que su mirada se endurecía, pero permaneció donde estaba al verlo avanzar.

Estaban casi pegados, pero cuando Vanessa se acercó a besarlo, Chase retrocedió y sus labios se quedaron en el aire.

Después, se quedó inmóvil, esperó.

–Ojalá pudiese ayudarte –dijo por fin en voz baja.

Él gimió para expresar su frustración.

–Puedes hacer algo. Te… deseo. Te he deseado desde el principio –admitió Chase, devorándola con los ojos.

Entonces acercó los labios a los suyos, pero no la tocó. Vanessa no respiró, no sintió nada, solo a él. Chase la envolvía por completo, la llenaba.

Cuando se quiso dar cuenta se estaban besando y todo lo demás desapareció a su alrededor.

Chase la apretó contra su cuerpo y ambos retrocedieron hasta que Vanessa tocó la pared y no pudo moverse más.

De todos modos, no se habría movido de allí. Hacía mucho tiempo que se había imaginado aquel momento, a Chase besándola, enredando la lengua con la suya mientras le apretaba la erección contra el vientre. Aquella imagen la había asaltado durante el día, se había metido en sus sueños y la había acompañado mientras realizaba las tareas más mundanas.

Y en esos momentos no podía pensar en otra cosa.

—Llévame a la cama, Chase —le susurró al oído.

—Todavía no.

La agarró de la mano y la condujo por el pasillo, atravesaron una puerta y Chase encendió la luz.

Era el baño, muy elegante y caro, y con un enorme jacuzzi. Aunque Chase se dirigió a la ducha doble, llevándosela con él. Abrió la puerta de cristal y se giró.

Lentamente, le desabrochó el abrigo sin apartar los ojos de los suyos. Se lo quitó y después se deshizo de su jersey.

Entonces se le aceleró la respiración.

Vanessa se alegró de llevar una ropa interior más o menos decente.

Chase la agarró por la cintura desnuda y Vanessa se estremeció.

—Eres preciosa —le dijo, mirándola a los ojos.

Ella notó calor en la nuca y tragó saliva, luego sonrió con timidez.

—Gracias.

—Dunbar era un idiota.

Vanessa se encogió de hombros.

—Lo sé —le respondió, abrazándolo por el cuello para hacerlo callar, luego se acercó a su oído y le susurró—. Pero supongo que no querrás que hablemos de él. ¿Por qué no terminas de desnudarme y nos duchamos?

Después tomó el lóbulo de su oreja con los dientes y lo hizo gemir.

Chase la abrazó con fuerza y ella gimió. Sí.

Él estaba completamente excitado y Vanessa estaba deseando que la desnudase del todo. Chase subió las manos por su cuerpo y le acarició la curva de los pechos antes de meter la mano por dentro de la copa del sujetador y sacarle uno de ellos.

Vanessa gimió al notar que Chase se inclinaba y tomaba el pezón con la boca y se lo chupaba.

Tenía la boca caliente, húmeda y la movía muy bien. Hizo que a Vanessa se le pusiese la carne de gallina, e incluso que se le doblasen las rodillas y le costase respirar.

Chase repitió el mismo acto con el otro pecho, se lo sujetó con la mano y lo chupó, excitándola todavía más. Luego la abrazó con fuerza y apretó la erección contra su cuerpo.

—Chase —murmuró ella, tomando aire con dificultad, mientras él la agarraba por el trasero.

Lo notó sonreír contra su pecho.

—¿Umm?

—Por favor...

—Por favor, ¿qué? ¿Que te haga esto? —le preguntó, tomando el pezón con los dientes—. ¿O esto?

Sopló suavemente el pecho humedecido, haciendo que Vanessa se volviese a estremecer.

—¿O esto? —añadió, metiendo una rodilla entre sus muslos.

Vanessa dio un grito ahogado de placer y él la acarició con la mano a través de los pantalones vaqueros.

—Estás caliente. Muy caliente —le dijo Chase, desabrochándole el pantalón para poder meter la mano por debajo de sus braguitas—. Quítatelos.

Chase le había leído el pensamiento. Vanessa se deshizo de las botas a patadas, se quitó los pantalones y lo dejó todo tirado en el suelo.

Él la abrazó y volvió a besarla. Ella frotó los pechos endurecidos contra su cuerpo, pero solo consiguió empeorar todavía más las cosas.

Chase se echó a reír mientras la besaba en el cuello.

–A mí este malestar no me hace ninguna gracia –le dijo ella.

–¿Malestar?

–Sí.

–Tendré que curarlo.

Bajó la mano a sus braguitas y la acarició a través de ellas, haciéndola gemir.

–Separa las piernas, Vanessa.

Ella obedeció y él metió la mano por dentro para acariciarla de manera más íntima mientras la miraba a los ojos.

Vanessa tembló de placer.

–¡Chase, por favor!

Él acalló su protesta con un beso mientras seguía acariciándola, pero luego apartó la mano justo antes de que llegase al clímax.

Vanessa abrió los ojos y se dispuso a protestar, pero entonces Chase abrió el grifo de la ducha.

La miró a los ojos con deseo y se desnudó rápidamente. Ella se preguntó cómo había podido pensar que era un hombre reservado, incapaz de emocionarse.

Cuando por fin estuvo desnudo, Vanessa espiró lentamente.

Era todo suyo.

–Ven conmigo –le pidió él.

Y Vanessa lo siguió.

Chase estuvo a punto de terminar en ese instante. Al verla con el pelo rojizo sobre los hombros, el sexy sujetador arrugado en la cintura, dejando al descubierto los pechos más bonitos que había visto en toda su vida. Encajaban en sus manos a la perfección, sus pezones rosados parecían hechos para su boca. Sabía deliciosamente, a pasión, a deseo y a inocencia todo junto.

Empezó a salir vapor de la ducha y a envolverlos. Chase se inclinó para darle un beso en un pezón y a ella se le cortó la respiración.

—Soy todo tuyo, Vanessa. Ven, vamos a ducharnos.

Fue despacio a pesar de que su cuerpo estaba desesperado por terminar. Le desabrochó el sujetador y lo dejó caer antes de meterla en la ducha. El agua cayó sobre los dos. Le mojó el pelo a Vanessa, resbaló sobre sus hombros y sus pechos. Chase besó la marca que le había dejado el sujetador en la piel y la siguió también con los dedos mientras Vanessa suspiraba de placer.

Le mordisqueó una cadera y le encantó ver que Vanessa se retorcía.

Metió la mano por la cinturilla de sus braguitas mojadas y se las bajó muy despacio.

Le acarició las piernas y se fijó en los rizos rojizos que había entre sus muslos, aspiró su olor a mujer y la agarró por el trasero antes de levantar la mirada.

Vanessa lo estaba observando y él estaba tan excitado que no podía más.

Entonces ella separó las piernas y Chase dejó de respirar.

El tiempo se detuvo en ese instante, mientras se miraban a los ojos.

–Chase... Mi abrigo. En el bolsillo izquierdo...

Vanessa se mordió el labio inferior y a Chase le encantó verla tan incómoda, tan imperfecta, y notó que su corazón se abría un poco más.

–¿Siempre llevas preservativos en el bolsillo del abrigo?

Ella se ruborizó y él sonrió todavía más.

–No. Solo para ti –le respondió muy seria.

Chase salió de la ducha para buscar el preservativo con manos temblorosas, lo abrió e intentó ponérselo, pero estaba demasiado nervioso.

–Déjame a mí –le pidió Vanessa.

Él se sintió frustrado y avergonzado, pero Vanessa le sonrió, tomó el preservativo y se lo puso.

Y él dejó de respirar e hizo un esfuerzo por controlarse.

No podía esperar más. La apoyó contra la pared de la ducha, la ayudó a subir las piernas a su cintura y la penetró.

Vanessa echó la cabeza hacia atrás y gritó mientras todos los músculos de su cuerpo se deshacían de placer. Lo abrazó con fuerza y respiró con dificultad.

Chase entró y salió de su cuerpo de manera salvaje. La besó apasionadamente y siguió moviéndose más deprisa, con más fuerza, hasta que notó que estaba a punto de perder el control, pero aguantó porque sabía que Vanessa también estaba muy cerca del clímax.

—Chase… —gimió Vanessa, abriendo los ojos y mirándolo fijamente.

Y él se dejó llevar también por el placer.

Apoyó las manos en los azulejos mojados e intentó sujetarlos a ambos mientras sus cuerpos se sacudían por dentro.

Había sido… increíble. Chase hundió el rostro en la curva de su cuello y notó que Vanessa lo abrazaba con más fuerza. Él cerró los ojos y se quedó así a pesar de que tenía las piernas acalambradas.

Después, muy a su pesar, se retiró. Ambos se enjabonaron en silencio y se aclararon la espuma antes de que Chase cerrase por fin el grifo.

Se secaron el uno al otro, al principio con cuidado, después con movimientos lentos, pero más fuertes, que poco a poco se fueron convirtiendo en caricias, luego en besos, y entonces Chase la llevó a su habitación. Vanessa se dio cuenta de que la alfombra era muy cara, la cortina tenía brocados y la cama estaba revuelta.

Entonces, Chase captó toda su atención.

Se sentó en la cama y la situó entre sus piernas para empezar a acariciarle las pantorrillas, ella suspiró de placer.

—¿Te gusta? —murmuró él con la voz ronca.

—Sí.

–Pues espera y verás.

Vanessa le sonrió.

Él le acarició levemente los muslos y después la agarró con fuerza por el trasero mientras respiraba con dificultad.

A Vanessa le sorprendió afectar así a un hombre como Chase. Podía tener a cualquier mujer y, sin embargo, la quería a ella, se excitaba con ella, que era una madre soltera, trabajadora.

–Te deseo –le dijo él–. Échate hacia delante y apoya las rodillas en la cama.

Ella obedeció y Chase la ayudó a que lo abrazase por la cintura mientras su erección se interponía entre ambos. Entonces la agarró por el trasero y la levantó hasta conseguir colocarla encima de él.

La besó despacio, apasionadamente, y después la penetró sin previo aviso, haciéndola gritar de placer.

Y empezó a moverse en su interior una y otra vez, volviendo a arrancarle un gemido de los labios que después silenció con otro beso.

Vanessa se movió con él, abrazada a su cuello, mientras le devoraba la boca. Y empezó a notar las primeras sacudidas de un nuevo orgasmo.

De repente, Chase paró.

Ella abrió los ojos y le gritó con frustración:

–¡No! ¡Sigue!

Él apretó los dientes.

—Espera, cariño. Tengo que…

Para su sorpresa, Chase salió de su cuerpo y la tumbó en la cama.

Vanessa se incorporó apoyándose en los codos.

—¿Qué estás…?

—Shh. Te va a gustar, te lo prometo.

—Me gustaba lo otro… ¡Ahhh!

Chase le separó las piernas y bajó la boca a su sexo.

Vanessa explotó por dentro, levantó las caderas mientras él la acariciaba con la lengua. Y cuando pensó que ya no podía más, Chase mordisqueó suavemente la parte más sensible de su cuerpo. Vanessa tuvo que agarrarse a las sábanas del placer.

Casi no le había dado tiempo a recuperarse cuando notó que Chase subía a besos por su cuerpo, la besaba en el vientre, en la cintura, se detenía a lamerle un pezón.

Era increíble. Le acarició un pecho e hizo que su pezón se endureciese todavía más. Y Vanessa volvió a excitarse. Cuando Chase le separó las piernas y la penetró, solo pudo suspirar de satisfacción.

Chase la llenaba física, mental, espiritualmente. Tenerlo en su interior era una experiencia casi divina.

En esa ocasión hicieron el amor despacio, como si estuviesen acostumbrados a hacerlo. Y cuando Chase llegó al orgasmo, Vanessa disfrutó de la intimidad del momento.

Tuvo la sensación de que había pasado una eternidad cuando Chase salió por fin de ella, pero en vez de separarse, siguieron con las piernas entrelazadas, mirando al techo, exhaustos.

Poco a poco, sus respiraciones se fueron calmando y el aire empezó a enfriarse.

Vanessa podría haberse quedado así para siempre.

–Ven conmigo a Nueva York –le dijo él de repente.

–¿Qué?

–Que vengas conmigo a Nueva York.

–¿Este fin de semana?

–No, ahora mismo.

Vanessa se echó a reír.

–¿Es una broma?

Él siguió en silencio, muy serio.

–Hablabas en serio –dijo ella–. Chase, no puedo. Tengo un trabajo. Y dos hijas.

–Tráelas contigo –le sugirió él.

–No.

–¿Por qué no?

–Porque son pequeñas y necesitan tener una rutina. No puedo llevármelas a otra ciudad, con otra gente, sin que estén preparadas. Además, ya las he dejado con alguien dos veces este mes y… –suspiró–. No puedo dejarlo todo y marcharme contigo.

Chase frunció el ceño.

—No te estoy pidiendo que lo dejes todo.

—Entonces, ¿qué me estás pidiendo?

Él se pasó la mano por el pelo.

—Que vengas conmigo a Nueva York. ¿Por qué tiene que ser tan complicado?

—Chase, no puedo dejar mi trabajo por un capricho.

—Un capricho —repitió él—. No sé cómo he podido pensar que querrías pasar más tiempo conmigo.

A ella se le aceleró el corazón.

—¡Y quiero! Pero también hay que tener otras cosas en cuenta, como mi trabajo y mis hijas.

—¿No me quieres en su vida?

—¡Yo no he dicho eso! —contestó Vanessa enfadada—, pero estás dando muchas cosas por hecho y lo cierto es que no puedo permitirme...

—Yo tengo dinero, por si se te había olvidado.

—Pero es tu dinero, Chase, no el mío. Y, además, no es una cuestión de dinero. He pasado demasiados años dependiendo de mi padre para...

—Yo no soy tu padre —le recordó él.

—¡Pues deja de actuar como si lo fueras!

Después de decir aquella frase tan infantil y horrible, Vanessa deseó retirarla, pero el daño ya estaba hecho.

Se miraron en silencio, hasta que Vanessa se cubrió el tembloroso cuerpo con la sábana.

—Chase…

—No, ya lo he entendido —dijo él, poniéndose unos pantalones—. No pasa nada, Vanessa. Tenía que haberlo visto venir. Alguien como tú… con alguien como yo. Jamás funcionaría.

—¡Chase, por favor! Eres…

—Tienes que marcharte —le dijo él antes de entrar al cuarto de baño y cerrar la puerta de un golpe.

Y Vanessa se quedó confundida y sola, con el corazón destrozado.

Capítulo Doce

Chase se despertó y llevó la mano a la parte del colchón en la que había estado Vanessa, pero lo encontró vacío y frío. Abrió los ojos, se sentó y miró el reloj. Eran las nueve y diez de la mañana.

Y ella no estaba.

Tenía el corazón acelerado y le dolía la cabeza.

Se puso en pie y respiró hondo.

Su mundo era un caos. Su respiración empezó a normalizarse y él comenzó a recordar. La piel de Vanessa, la pasión de su mirada, su cuerpo debajo del de él.

Medio excitado, volvió a dejarse caer en la cama.

Habían tenido una discusión estúpida, inútil.

Estaba enamorado de Vanessa Partridge. Era evidente. Había confiado en ella, con lo de Sam, con su pasado. Pero no tenía ni idea de lo que sentía Vanessa por él, y esa incertidumbre le causó un cúmulo de emociones incómodas.

Volvió a sentirse como un niño con miedo a

expresarse, a la mediocridad, aterrado por la idea del rechazo.

Él había sido el primero en rechazarla. ¿Qué más daba dónde viviese, si Vanessa estaba con él? ¿Siempre y cuando fuesen felices?

Pero después de aquello, seguro que Vanessa no le volvía a hablar.

Se quedó tumbado unos minutos más y después se dijo que tenía que hacer algo.

Apretó los dientes. Era un hombre de acción, no un niño lleno de dudas. Una disculpa no sería suficiente, tenía que hacer algo más grande. Y sabía el qué.

Se afeitó, se duchó, se vistió y llamó a recepción.

–Le subiré el contenido de su caja fuerte personalmente, señor Harrington –le dijo el jefe de recepción–, y el desayuno. Confío en que haya disfrutado de su estancia.

–Mucho.

–Excelente. ¿Hay alguna otra cosa que pueda hacer por usted?

–No, gracias.

Chase colgó e hizo un par de llamadas más. Estaba hablando con su despacho cuando llamaron a la puerta.

Colgó y fue a abrir. Eran un camarero con su desayuno y el jefe de recepción, en cuya placa ponía *Ryan Kwan*. El camarero dejó la bandeja encima de la mesa y Chase se dirigió al jefe de recepción.

—¿Tiene mi paquete? –le preguntó.

El otro hombre tragó saliva, tenía los hombros completamente rígidos.

—Al parecer, señor, el contenido de su caja fuerte ha… desaparecido.

Chase miró a Kwan fijamente mientras asimilaba sus palabras.

—¿Cómo que ha desaparecido? –preguntó enfadado.

Kwan hizo un gesto al camarero para que se marchase y cerró la puerta tras él.

—¿Puedo comprobar el número de su caja fuerte?

Chase le dio el número e hizo un esfuerzo por controlar su ira.

Kwan asintió.

—¿Me puede acompañar al vestíbulo, señor Harrington…?

A Chase el viaje en ascensor le resultó interminable. No era la primera vez que le ocurría un malentendido en un hotel, pero tuvo la sensación de que aquello no era un malentendido.

¿Quién sabía dónde estaba y que tenía el manuscrito en su poder?

Vanessa.

No.

No podía ser. Entonces, ¿por qué había sospechado de ella, aunque hubiese sido solo un instante?

Las puertas del ascensor se abrieron y él siguió al hombre por el vestíbulo.

«Porque no eres capaz de confiar en nadie», iba pensando Chase. «Porque tu vida es un asco, debido, en parte, a cómo te trataron de niño».

Había pasado años huyendo de aquel niño, enterrando los recuerdos con dinero, poder y éxito.

Si pensaba así de Vanessa, no podía estar bien. Era evidente que no se la merecía. Vanessa tenía que estar con un hombre que confiase en ella, que no tuviese miedo a que lo traicionasen, lo humillasen o lo abandonasen.

«¿Quién eres tú para merecerte a una mujer como ella?».

—Ness, has mirado a ver si tenías algún mensaje tres veces. ¿Por qué no dejas el teléfono y disfrutas de la comida?

Vanessa dejó el teléfono móvil en la mesa suspirando y miró a su hermana y a Ann Richardson.

—Quién fue a hablar, Jules —le dijo a la primera.

—Es verdad, pero mis mensajes son todos de trabajo. Y no creo que tú estés preocupada por que te puedan llamar para que vayas corriendo a cambiar un pañal.

Vanessa no hizo caso a su hermana y se dirigió a Ann.

—Así que vas a viajar a Rayas. Un país increíble. Está cerca de Dubái, ¿verdad?

–Sí, pero no voy a tener tiempo de hacer turismo. Es un viaje de negocios.

–¿Relacionado con esas estatuas doradas? –preguntó Juliet–. Lo he leído en el periódico. Hay una perdida, junto con tu buscador de tesoros, ¿no?

–En realidad, Roark es agente de adquisiciones, pero sí, eso es.

–Lo conocí hace unos meses en una fiesta de Waverly's, ¿recuerdas? Demasiado peligroso para mi gusto –le dijo después a su hermana.

–Roark es un tipo muy agradable –la contradijo Ann.

–¿Y cómo es que no tiene novia? –preguntó Juliet.

Ann se encogió de hombros y Vanessa comentó:

–A lo mejor está demasiado ocupado. O no ha conocido todavía a la mujer adecuada.

–Es un sinvergüenza –dijo Juliet.

–¡Ja! –replicó Ann–. Pues en ocasiones está bien tener a un sinvergüenza en tu vida. En especial, si es guapo.

–Ya has tenido suficientes de esos –le recordó Juliet–. Y, hablando de tipos guapos, he oído que el jeque de Rayas está muy bien. Raif no sé qué.

–El jeque Raif Khouri. Príncipe heredero de Rayas. Y supongo que es atractivo, para la que le gusten los hombres oscuros y misteriosos.

–¿Está soltero?

–Sí.

–¿Y por qué no tienes una aventura con él?

–No.

–El hombre es guapo, el país muy romántico… –comentó Vanessa.

–¿También es un sinvergüenza? –bromeó Juliet.

Las tres se echaron a reír y Vanessa volvió a mirar su teléfono con disimulo.

–… y Australia. El viaje es largo, pero hay muchos hombres… Ness, ¿por qué no lo llamas y dejas en paz el teléfono?

Vanessa miró a su hermana.

–Es con el que te fuiste a Georgia, ¿verdad? ¿Cómo se llama?

–No lo conoces.

–¿A qué se dedica?

–Gestiona un fondo de riesgo.

Juliet arqueó las cejas.

–Vaya, vaya, vaya. Has conocido a un hombre rico. Porque supongo que es rico, ¿no?

–Sí.

–¿Y? ¿Cómo se llama?

Vanessa suspiró.

–Chase Harrington.

–¿El tipo que compró el manuscrito de Dunbar? –preguntó Ann.

–Sí.

–Umm. ¿Y a qué más se dedica?

–Trabaja, se gasta su dinero, hace donaciones.

Su hermana frunció el ceño.

—¿Y qué más? ¿De qué habláis cuando estáis juntos?

—De muchas cosas —respondió Vanessa, ruborizándose.

—¿Y qué tenéis en común? —añadió su hermana.

Ella se quedó pensativa. Sabía que Chase vivía para su trabajo y sus donaciones. Y que tenía conciencia. Era un hombre cuyas experiencias lo habían convertido en la persona que era.

También sabía de él que hacía el amor como el mejor.

Aunque si después de una discusión sin importancia no quería volver a saber nada de ella, él se lo perdía.

El muy idiota.

La idea hizo que Vanessa sintiese náuseas.

—Tengo que volver al trabajo —dijo, levantándose—. Quedaos vosotras.

—De acuerdo —le contestó su hermana—, pero ya sabes que hablaremos de ti en cuanto te hayas marchado.

Vanessa sonrió, de repente, se sentía mejor.

—Como siempre.

Le dio un beso a su hermana y otro a Ann.

—Que tengas buen viaje.

—Seguro que sí —respondió Ann, pero a Vanessa le pareció ver una sombra de duda en sus ojos.

—Llámame para contármelo.

—Por supuesto.

Y después volvió al trabajo triste, con la certeza de que Ann la llamaría, mientras que Chase no lo había hecho.

Cuando llegó el jueves, Chase ya estaba más que harto de mirar por la ventana de su apartamento de Nueva York, así que se puso ropa deportiva y bajó al gimnasio que había en la segunda planta, donde estuvo una hora corriendo.

Durante los últimos cuatro días, no había podido evitar sentirse fracasado, y no había cosa que le disgustase más. No solo les había fallado a Mitch y a Sam, sino también a Vanessa y a sus hijas.

Además, la noticia del robo del manuscrito había llegado a los periódicos un par de horas después de que la policía hubiese estado en el hotel, así que aquel era otro tema con el que había tenido que lidiar.

Vanessa lo había llamado tres veces, pero no había dejado ningún mensaje. «Y tú tienes miedo a enfrentarte a su decepción, ¿verdad?», se dijo a sí mismo, bajando la potencia de la cinta de correr, sabiendo que había sido él quien había perdido el manuscrito y que no podía hacer nada para recuperarlo.

Se rumoreaba que Ann Richardson podía

estar detrás del robo, pero a él le parecía ridículo. Además, Vanessa confiaba en ella.

Mientras seguía andando en la cinta, bebió agua y después tomó su teléfono para hacer una llamada a un antiguo compañero que en esos momentos trabajaba en el *New York Times*.

—Mal, soy Chase. ¿Tienes algo?

—Que el rumor de que Ann Richardson estaba detrás del robo es falso.

—Eso ya me lo imaginaba.

—La buena noticia es que han detenido a la persona que robó el manuscrito. ¿Te suena el nombre de Miranda Bridges? —le preguntó Mal.

—No. ¿Quién es?

—La publicista de Dunbar. Había estado saliendo con un tipo cuyo hermano está en la cárcel por homicidio. Han seguido su pista y les ha llevado hasta un recepcionista que trabajó en el hotel Benson la noche antes de que se descubriese el robo. Ya lo han detenido.

—¿Y cuál es la mala noticia?

—Cómo me conoces. La mala noticia es que el manuscrito ya está en el mercado negro. Están intentando encontrarlo, pero llevará tiempo.

—Y es posible que no lo recupere, ¿verdad?

—Lo tenías asegurado, ¿no?

—Sí, pero esa no es la cuestión.

—Siento no tener mejores noticias.

Chase siguió andando en la cinta un rato

después de haber colgado. Había cumplido el deseo de Sam, pero también había querido cumplir el de Vanessa y no había podido.

Bajó de la cinta y fue a darse una ducha. Tenía que centrarse en su trabajo, que era lo único que podía controlar.

Fue a su despacho a pesar de que era de noche y nada más entrar vio un gran sobre encima de su escritorio.

Lo abrió y descubrió sorprendido que contenía el manuscrito de Dunbar y una nota:

Chase, he encontrado esto en el mercado negro y te lo tenía que devolver. Ahora, dáselo a su legítima dueña o, mejor dicho, a sus pequeñas dueñas.

No estaba firmada.

¿Quién podía haber hecho algo así? Suspiró y se dejó caer en su sillón.

No tenía ni idea de quién estaba detrás de aquello, pero sabía muy bien lo que tenía que hacer.

Capítulo Trece

Vanessa estaba sentada en el taburete de la cocina, intentando calmar a un bebé mientras le calentaba el biberón, cuando oyó que sonaba su teléfono.

–Eh, Stell, ¿podrías hacerme el favor de ocuparte tú de Darcy? Es mi hermana.

Stella salió de la habitación con el bebé y Vanessa respondió al teléfono.

–Jules. ¿Dónde estás?

–En Los Ángeles. ¿Te ha llamado Ann?

–No. ¿Qué ocurre?

–El FBI está registrando su despacho. Piensan que ha ocultado información acerca de la estatua desaparecida. Está saliendo en las noticias.

–¿En qué canal? –preguntó Vanessa, entrando en el despacho de Stella y encendiendo la televisión–. Lo tengo, en la CNN.

Ambas vieron la noticia en silencio. Y lo que sucedió después dejó a Vanessa de piedra.

–¿Estás viendo lo mismo que yo?

–¿El qué, la detención de un tipo por el robo del manuscrito de D. B. Dunbar?

–Sí –respondió Vanessa. Y ambas volvieron a quedarse en silencio.

–¿Te había dicho Chase que le habían robado el manuscrito?

–No, la verdad es que no nos hablamos –confesó Vanessa.

–Umm –dijo su hermana–. Qué mala suerte tienes con los hombres, Ness. Primero los idiotas con los que saliste en la universidad, después el tonto de James, y para terminar Dunbar...

–¿Cómo lo sabes?

–Tenía mis sospechas, y las corroboré cuando comimos con Ann. Deberías practicar más la cara de póquer.

–Pero...

–No te preocupes, hermanita, tu secreto está a salvo conmigo. Ahora tengo que dejarte. Te quiero.

Vanessa salió del despacho de Stella y fue a donde estaban sus hijas jugando. Las vio y se dijo que se negaba a no ser feliz, habiendo personas con problemas mucho más importantes que los suyos.

Antes o después se olvidaría de Chase, por mucho que le doliese en esos momentos.

–Vanessa –la llamó Stella–. Será mejor que mires por la ventana.

–¿Qué ocurre? No me digas que está nevando.

–No, no es eso, tú ven.

Ella suspiró y fue hacia las puertas de cristal. Miró hacia afuera y se quedó sin habla.

En el jardín estaba Chase con un cartel que decía: *Te quiero, Vanessa.*

Se quedó inmóvil, pero Stella abrió las puertas y la empujó para que saliese.

–Me has llamado tres veces –le dijo Chase.

–Sí.

–Y no has dejado ningún mensaje.

–No.

–Te iba a llamar el lunes por la mañana, pero...

–Robaron el manuscrito –dijo Vanessa, cruzándose de brazos.

–Sí. Y... estaba enfadado y me sentía frustrado y un poco avergonzado por haber perdido el manuscrito, con lo importante que era para ti. Me sentía fracasado.

–Lo robaron, no fue culpa tuya.

Vanessa tuvo que tragar saliva antes de añadir:

–Yo pensé... pensé que no me querías ver más.

Chase se acercó a ella con la mirada clavada en la suya. La agarró por los brazos y por fin la besó.

Los niños que había en el jardín aplaudieron a su alrededor, lo mismo que las profesoras. Y Vanessa se apartó, ruborizada.

Él le hizo un gesto a un grupo de niños, que juntos formaron un cartel que decía: *ACSATE CONMIGO.*

Vanessa se quedó callada.

–Di algo –le pidió Chase.

–Has escrito mal «cásate».

Él se giró hacia los niños, que ya habían echado a correr.

–Qué granujas –comentó en tono de broma–. Te he echado de menos.

Vanessa respiró hondo y notó que las lágrimas le nublaban la vista.

–Yo también.

–Y creo que te mereces esto –añadió Chase, sacando un paquete de una bolsa que había a sus pies.

Vanessa se quedó de piedra al ver lo que era.

–Pero si es… ¡Pensé que lo habían robado!

–Sí, pero anoche apareció en mi despacho –le contó él.

–¿Cómo?

–No tengo ni idea. Lo importante es que lo tenemos y que quiero que te cases conmigo y que formemos una familia. Y si quieres que vivamos aquí, viviremos aquí.

Ella sonrió.

–Sí, Chase, quiero casarme contigo.

Él sonrió y a Vanessa se le encogió el corazón de la emoción. Por fin era suyo, así que volvió a besarlo apasionadamente.

–Te quiero, Chase.

–Y yo a ti, mi perfecta Vanessa.

***

Esa noche, Stella se ofreció a quedarse con las niñas, y Chase y Vanessa fueron a casa de esta. En la oscuridad de su dormitorio, Chase se dio cuenta de que estaba nervioso.

–Vanessa –gimió.

–Te quiero, Chase. Te he querido desde que estuvimos en Georgia –le dijo ella, entrelazando los dedos con los suyos y dándole un beso en los nudillos. Él buscó sus ojos entre las sombras y lo que encontró fue un tierno beso en los labios. Un beso lleno de emoción y compasión. Tal y como era Vanessa.

–Eres preciosa –le dijo, quitándole la camiseta y acariciándole un pecho a través del sujetador antes de tumbarla en la cama–. Tienes los pezones tan duros... y yo estoy tan excitado... ¿Lo notas?

Vanessa tragó saliva.

–Sí.

Se miraron a los ojos y Chase bajó la boca a sus pechos y jugó con ellos. Luego, se colocó sobre ella.

–¿Estás preparada?

–Sí –respondió ella sin pensarlo.

–Pues ábrete para mí –le dijo él con voz sensual.

Y Vanessa perdió la vergüenza al oír aquello, separó los muslos y dejó que Chase la penetrara.

Entonces él empezó a moverse despacio al tiempo que la besaba y Vanessa se fue dejando llevar por el placer.

La voz hipnótica de Chase la alentó, contándole lo siguiente que le iba a hacer. Y Vanessa se excitó tanto que solo tardó medio segundo en llegar al orgasmo.

Arqueó la espalda sin ninguna vergüenza y gritó de placer. Poco después, Chase se puso tenso y alcanzó el clímax también.

Pasaron varios minutos hasta que recuperaron la respiración poco a poco, y Vanessa abrió los ojos.

–Me ha encantado.

–A mí más.

–Ha sido…

–Perfecto –terminó Chase por ella.

–Te quiero, Chase.

–Y yo a ti, Vanessa. Siempre te querré.

Era cierto, en aquel momento y en aquel lugar, todo era realmente perfecto.

En el Deseo titulado
Solo seis meses,
de Cat Schield,
podrás continuar la serie
Subastas de seducción

188

Melodía de seducción
KATE HARDY

La presentadora Polly Anna
Adams llevaba toda la vida intentando forjarse un nombre.
Repentinamente abandonada
por su prometido, se presentó a
un concurso de baile para cele-
bridades y su pareja iba a ser
Liam Flynn, un apuesto bailarín
profesional.

Liam había aprendido de la manera más dura a mantener el
corazón bajo llave, pero el en-
tusiasmo de Polly le estaba haciendo dar algún que otro tras-
pié. A medida que avanzaba el
concurso, también crecía la

atracción entre ellos. ¿Serían capaces de convencerse
de que ese tango tan sensual era solo para las cáma-
ras?

Todo empezó con un baile...

Acepte 2 de nuestras mejores novelas de amor GRATIS

¡Y reciba un regalo sorpresa!

Oferta especial de tiempo limitado

Rellene el cupón y envíelo a

Harlequin Reader Service®
3010 Walden Ave.
P.O. Box 1867
Buffalo, N.Y. 14240-1867

¡Sí! Por favor, envíenme 2 novelas de amor de Harlequin (1 Bianca® y 1 Deseo®) gratis, más el regalo sorpresa. Luego remítanme 4 novelas nuevas todos los meses, las cuales recibiré mucho antes de que aparezcan en librerías, y factúrenme al bajo precio de $3,24 cada una, más $0,25 por envío e impuesto de ventas, si corresponde*. Este es el precio total, y es un ahorro de casi el 20% sobre el precio de portada. ¡Una oferta excelente! Entiendo que el hecho de aceptar estos libros y el regalo no me obliga en forma alguna a la compra de libros adicionales. Y también que puedo devolver cualquier envío y cancelar en cualquier momento. Aún si decido no comprar ningún otro libro de Harlequin, los 2 libros gratis y el regalo sorpresa son míos para siempre.

416 LBN DU7N

Nombre y apellido	(Por favor, letra de molde)
Dirección	Apartamento No.
Ciudad	Estado	Zona postal

Esta oferta se limita a un pedido por hogar y no está disponible para los subscriptores actuales de Deseo® y Bianca®.
*Los términos y precios quedan sujetos a cambios sin aviso previo.
Impuestos de ventas aplican en N.Y.

SPN-03   ©2003 Harlequin Enterprises Limited